東京上空500メートルの罠

西村京太郎

集英社文庫

目次

東京上空５００メートルの罠

第一章　突然の危機

1

その日、四月五日、埼玉県にある、民間飛行場の一角に、現在、世界でいちばん巨大な飛行船、ツェッペリンＮＴワンが係留され、これから乗り込む、八人の乗客を、待っていた。

全長七十五・一メートル、全幅十九・七メートル、全高十七・五メートル。長さは、ジャンボジェット機よりも、大きいというのが、自慢のひとつだった。

その巨大な胴体のなかに満たされているのは、不燃性のヘリウムガスである。マッチで点火しても、燃えないヘリウムガスは、飛行船の安全性を高めるのに、役立っている。

飛行船にとって、唯一の欠点は、風に弱いことだが、幸い、現在、風力計によれば風速二メートル。この飛行船は、風速十二メートル以下ならば、快適な飛行が可能である。

今日は、一般の乗客は断り、宣伝のために、有力者や有名人八人を選んでの、招待日だった。

一人目は、Ｒテレビの社長、島崎幸彦(ゆきひこ)、六十五歳。島崎社長は、系列の新聞社も、持っていた。

二人目は、建設会社社長、遠山和久、五十五歳。遠山社長の実兄は、現在、国会議員である。

三人目は、総合商社社長、寺脇幸平、六十六歳。

四人目は、エース広告社長、松岡明、三十九歳。若手ながら、数々の賞を受賞している、やり手の、広告マンである。

五人目は、アパレルメーカーの社長、高見圭子、五十六歳。日本の、女性社長のナンバーワンとして、週刊誌に、取り上げられたこともある。

六人目は、今流行(はや)りの、ＩＴ産業の社長、長谷川浩二、三十五歳。マスコミにもしばしば登場する、この業界の有名人である。

七人目は、女優の南みゆき、三十二歳。彼女は、この飛行船のコマーシャルに、出演している。また、国立大出身で、知的なところも、彼女の魅力になっていた。

八人目は、ファーストフードチェーン店社長、木之内学(きのうちまなぶ)、五十六歳。しかし、当日、なぜか顔を見せなかった。

パイロットは、二名である。機長は井川隆、五十歳。ジェット旅客機の操縦一万時間の経験があり、飛行船の操縦についても、ドイツに一年間留学して習っている。

副操縦士は、四十二歳、三浦徹である。

そしてアテンダントとして、木村由美、二十八歳が、同乗する。

午前九時の出発。それまでに、招待された七人の乗客が、次々に、キャビンに乗り込んでいく。いずれも、期待と不安が入り混じった顔をしている。

出発に当たって、アテンダントの木村由美が、このツェッペリンNTワンについて、乗客に説明する。

「これから、当飛行船は、高度五百メートルから六百メートルで、ゆっくりと東京に向かって、飛行いたします。その間、飛行船のスピードは、時速七十キロから、八十キロ前後です。エンジンは、二百馬力のものが、三基ついていますが、このゴンドラから、離れた場所に二基、船尾に、一基ついていますので、音はほとんど、きこえてきません。その静寂さも、この飛行船の、売り物のひとつでございます」

この後、七人の乗客から、さまざまな、質問が、アテンダントの木村由美に、浴びせられた。

「この飛行船だがね、一隻、どのくらいで買えるのかね？」

きいたのは、建設会社社長、遠山だった。

「当社が購入したのは、一隻十六億円でございます」

遠山の目を見ながら、木村由美が、答える。

「私は、別に、怖くないんだけど、もし、エンジンが、止まってしまったら、どうなるの？　大丈夫なの？」

アパレルメーカーの社長、高見圭子が、きいた。

木村由美は、ニッコリと、微笑(ほほえ)みながら、

「普通の飛行機は、エンジンが、止まってしまえば、もちろん、墜落してしまいます。でも、この飛行船は、機体に入っている、ヘリウムガスの浮力を利用していますので、墜落することは、絶対にありません。エンジンが、止まっても、そのまま、ゆっくりと地上まで降りてきますので、安全でございます」

2

係留塔から離れた、ツェッペリンNTワンは、ゆっくりと上昇していった。

コックピットでは、二人のパイロットが、計器を眺めていたが、機長の井川が、副操

縦士の三浦に、

「六百メートルまで上昇する」

と、いった。

「了解」

と、三浦が、答える。

五百メートルまで上昇した時、急に、副操縦士の三浦が、

「今、何か、変な音がしませんでしたか？」

「いや、私には、何もきこえなかったが、何か、あったのか？」

井川が、きく。

「いえ、私の、空耳かもしれません」

三基の二百馬力エンジンが稼働し、ツェッペリンNTワンは、東京の都心に向かって、スピードを上げていった。

アテンダントの、木村由美が説明したように、三基の二百馬力エンジンは、ゴンドラから離れた場所に、二基があり、もう一基は、船尾に、ついているので、エンジン音は、ほとんど、キャビンには、きこえてこない。

スピードメーターは、時速七十五キロを、指している。

風速も、二メートルから三メートルという状況で、揺れは、ほとんどない。

やがて、飛行船は、東京の上空に、差しかかる。

現在、東京に林立している超高層ビルも、東京タワーも、六百メートルの上空から見ると、はるか下に見える。

機長は、速度を時速六十キロに落とした。

3

犯人からの第一声は、ツェッペリンNTワンを、所有している会社、ジャパン天空株式会社に、男の声で告げられた。

「現在、東京の上空を、飛行中の飛行船ツェッペリンNTワンを、今、われわれが、ハイジャックした。ピストルやナイフで、ハイジャックしたものではない。昨夜遅く、ゴンドラの底にプラスティック爆弾を取りつけ、高度計に連動するようにしておいたのだ。現在、ツェッペリンNTワンは、高度六百メートルを、飛行中だが、もし、五百メートル以下に、降下した場合は、高度計に連動して、プラスティック爆弾が、爆発することになっている。まず、このことを、二人のパイロットに伝えるんだ。絶対に、高度五百メートル以下に、降下させないこと。高度さえ、下げなければ、八人の乗客と、三人の乗務員は、生きていられるから、安心するんだ」

その電話を受けた、ジャパン天空株式会社の社長秘書の佐藤は、犯人に、乗客が七人であると伝えるとともに、社長の小堺に知らせる前に、現在、東京上空にいるツェッペリンNTワンに、連絡を取った。

この時は、まだ、佐藤秘書は、半信半疑だった。半分は、いたずら電話だと思っていたのである。

そんな気持ちで、佐藤は、パイロットに連絡したのである。

今、妙な電話があったことを伝え、

「その電話だが、機体が、五百メートル以下に降下するとゴンドラの底に取りつけたプラスティック爆弾が、高度計と連動していて、爆発するといっているんだ。何か、それらしいことは、あったかね？」

佐藤が、きくと、副操縦士の三浦が、

「そういえば、高度五百メートルを過ぎた時、ゴンドラの底のほうから、かすかな音がきこえたような気がしました。たぶん、あれが、高度計の、スイッチが入った時の、音だったんでしょう」

と答えた。

冷静な口調だったが、佐藤秘書の顔が、本当に蒼ざめてしまった。

「このことは、乗客には、知らせないでください」

口止めしておいてから、佐藤は、社長にも伝え、警視庁に、連絡を取った。

4

警視庁捜査一課の刑事たちにも、激震が走った。

すぐ、ジャパン天空株式会社から、ツェッペリンNTワンのことに詳しい技術者に、きてもらうことにした。

三上（みかみ）刑事部長は、このハイジャック事件の担当を、十津川（とつがわ）警部に決定した。

ほどなくして、後藤というジャパン天空の社員で、飛行船の専門家が、警視庁にやってきた。後藤は、持参してきた、ツェッペリンNTワンの写真や、船体図などを、十津川たちに見せながら、説明した。

「飛行船と、いいますと、昔は浮力を得るのに水素を使っていましたので、火災の危険がありましたが、現在は、ヘリウムを使っていますので、火災の心配は、まったくありません。何らかの、トラブルで、エンジンが止まってしまっても、浮力を保てますから、墜落の危険も、ありません。現在、ツェッペリンNTワンは、上野の上空、六百メートルを飛行中です。時速は約六十キロです」

「ヘリウムだから、火災の危険性はないといわれましたが、ゴンドラの底部に、プラスティック爆弾が、取りつけられていて、それが、爆発したら、ひとたまりもないんじゃありませんか？」

十津川が、きいた。

「ええ、確かに、そんな状況になれば、ひとたまりもないと思います」

「ツェッペリンNTワンは、どのくらい飛べるんですか？」

「現在、あの飛行船には、二百馬力のエンジン三基分の燃料が搭載されています。気象条件にもよりますが、最大二十時間ぐらい飛行可能です。ただ、今申しあげたように、浮力はありますから、墜落することはありません」

「しかし、永久に空中に浮かんでいられるわけじゃないでしょう？　どんな条件があるんですか？」

「唯一の条件は、高度を一定に保つことです」

「例えば、五百メートルから、六百メートルの間で、どのくらい浮かんでいられるか知りたいんですがね」

「その条件だけなら、二十四時間ぐらいは、浮かんでいられると思いますね」

「二十四時間、大丈夫ですか？」

「そうです。ただ――」

「ただ何です？」

「怖いのは、天候です。風です。現在、十二メートル以上の風速の時には、飛ばせません。もし、天候が激変して、強風が吹いた場合は、ただちに、地上に降ろす必要があります」

「エンジンを、フルに動かして、強風圏から脱出することは、できませんか？」

「ツェッペリンNTワンの最高速度は時速百二十五キロですから、このスピードで、強風圏から脱出するのは、不可能です。したがって、ただちに、地上に降ろすほうが安全です」

と、後藤が、いった。

十津川が、気象庁に電話で確かめたところ、今日から明日の間、東京から埼玉にかけての天候は、晴で、風速も、二メートルから五メートルの予想という答えだった。しかし、突風が吹かないという保証はない。

その後、十津川は、ジャパン天空株式会社から、ファックスで送られてきた今日の乗客、七人の名前に、眼を通した。

今日は宣伝をかねた、招待日なので、乗客は、有名人と、有名女優の七人だった。

犯人から、身代金の要求の電話があった。

三上刑事部長が、十津川に、向かって、

「今日の招待客は、いずれも、有名人だ。テレビ局や建設会社の社長については、その会社に対して、有名女優の場合は、彼女が所属している、プロダクションに、いっせいに身代金の要求があった。身代金は、一律三千万円、合計で二億一千万円だ」

「いっせいに、ですか？」

　確認するように、十津川が、きく。

「そうだ。ほとんど同時刻に、身代金の要求があったそうだ」

「そうすると、犯人は、七人以上ということに、なるわけですか？」

「そこのところが、よくわからないのだ。身代金を要求する言葉を、あらかじめ、録音しておいて、同一人が、いっせいに伝えたのかもしれないからね」

「それで、三千万円を、どのように、用意しろといってきているんですか？」

「午前十時に、もう一度、電話する。それまでに、それぞれ三千万円を現金で用意しろ、犯人はそう要求してきている」

　三上の言葉で、十津川は、時計に目をやった。

　現在、午前九時三〇分。

「三十分後だ。今日の飛行船の招待客は、Ｒテレビの社長と建設会社の社長、あるいは、アパレルメーカーの女社長、ＩＴ産業の社長、そして、有名女優の南みゆきたちだ。これだけの、顔触れとなれば、身代金、三千万円をそれぞれの、会社やプロダクションが、午前十時までに、用意することは、それほど難しくはないだろう」

と、三上は、いった。

ただちに、警視庁のなかに、捜査本部が設けられた。

事件の捜査には、二十人の刑事が当たることになり、二名ずつコンビを作り、身代金を要求された、七つの会社に急行し、犯人からの次の電話を、録音することになった。

十津川と亀井刑事は、警視庁に残った。

ジャパン天空株式会社から、ファックスで送られてきた、ツェッペリンＮＴワンの今日の予定コースが描かれた地図が、捜査本部に、張り出された。

埼玉県内の運航基地から、出発した飛行船ツェッペリンＮＴワンは、大宮上空を通過し、池袋に出て、上野、浅草、六本木、汐留(しおどめ)、お台場、渋谷、新宿の上空を通過して、約二時間で、埼玉の運航基地に、帰ることになっていた。

しかし、犯人は、五百メートル以下に降下したら、プラスティック爆弾が、爆発すると脅してきた。そのため、こちらの指示があるまで、予定の遊覧コースを何回でも回るように指示してあると、佐藤社長秘書が、十津川に伝えてきていた。

また、燃料を節約するため、三基のエンジンのうち、船尾の一基だけを動かしているので、現在の速度は三十キロから四十キロとも伝えてきた。

しかし、捜査本部には、本当に犯人がプラスティック爆弾を、仕掛けたのかという疑いを持つ者や、実際には、そんな爆弾などは、仕掛けておらず、単なる脅しなのではないかという意見もあった。

そんな疑問や、意見を、ジャパン天空株式会社の佐藤に、十津川が伝えると、

「こちらでも、同じような疑問や意見が、ありました」

と、佐藤が、いう。

「パイロットの一人は、飛行船が、五百メートルの高度を通過した時、何か奇妙な音が、したといっていますが、それが、果たして、高度計が、作動した音かどうかは、わかりません。埼玉の運航基地には、ウチの社員が数名、常駐していますので、今日午前九時に、ツェッペリンNTワンが係留塔から離れた後、何か、気がつかなかったかと、きいてみました。そうすると、社員の一人が、今日は招待日なので、何名かが写真を撮っていたというんです。七人の招待客の写真も、撮っていましたが、その七人を乗せて、ツェッペリンNTワンが上昇していく様子も、地上から、撮っているんです。その写真を見ると、ゴンドラの底のところに、何か、黒い長方形の物体が、見えるんですよ。これはもともと、飛行船ツェッペリンNTワンにはないものです。この黒い物体が、犯人のいう、プラスティック爆弾と高度計かも、しれません。その写真を、これから、そちらへ送りますから」

と、佐藤秘書が、いった。

問題の写真五枚が、すぐ、送られてきた。

上昇していくツェッペリンNTワンを、地上から、写した写真である。

なるほど、乗客の乗るゴンドラの底に、黒くて四角い、箱のようなものが、はっきりと、写っている。

平常の時のツェッペリンNTワンの写真も送られてきた。二つを比べると、今日のゴンドラの底と、はっきり違うことがわかる。

その物体はかなり大きなもので、アメリカ軍が使っているプラスティック爆弾なら、三個は、優に、格納できる大きさである。もし、それが、爆発したら、間違いなく、ゴンドラは、木端微塵になり、七人の招待客と、三人の乗務員は、死亡するだろう。

七つの会社やプロダクションに、急行した刑事からは、次々に、報告が、捜査本部になされた。どの会社もプロダクションも、すぐに、三千万円の現金は、用意できるということだった。

十津川は、警視庁にきている、技術者の後藤を呼んで、問題の写真を見せた。

後藤は、真剣な表情で、見ていたが、顔をあげ、十津川に向かって、

「こうやって三枚の写真を見てみますと、犯人の脅しは、嘘ではないように、思えます。五百メートル以下に、高度を下げた場合、プラスティック爆弾が、爆発するというのも、単なる脅しではなくて、本当だと考えたほうがいいと思います」

「高度を、六百メートルに維持したとして、ツェッペリンNTワンは、何時間くらい飛

ぶことができるんですか？　先ほどは、二十四時間といわれましたが？」

「ただ、空中に浮かんでいるだけなら、二十四時間ぐらい可能ですが、エンジンを動かすとなると、十五時間ぐらいですね。そのくらいで燃料がなくなると、思います」

　後藤が、いった。

「何か、やむを得ない事情で、飛行船が、五百メートル以下に、高度を下げてしまうこともあり得ますか？」

「ええ、問題は、風だと思います。先ほど、二十四時間ぐらいと、申しあげましたが、あくまでも天候さえ安定していれば、また、ただ、空中に浮かんでいるだけならばです。そういう条件なら、ツェッペリンＮＴワンは、太平洋横断も可能といわれていますから。それで、燃料を節約するため、現在、三基あるエンジンの、一基だけを動かしています」

「そうすると、問題は、天候の悪化だけですか？」

「強風だけです」

「あとは、犯人の出方次第ですね」

　と、十津川は、いってから、

「客室の、ゴンドラですが、そこに、パラシュートは、用意してないんですか？」

「万一に備えて、乗務員の分のパラシュートは、用意されていますが、それを使うことは、考えていません。前にも申しあげたように、飛行船というものは、機体に入れてあるヘリウムで、浮力が保てますから、墜落することは、絶対にありません。ですから、パラシュートを使うことは、想定されていないのです」

「コックピットには、二人のパイロットがいるわけですよね？」

「そうです。それに、アテンダントが一人、乗務しています」

「その三人には、パラシュート降下の経験が、あるんですか？」

「二人のパイロットには、経験があると思いますが、アテンダントは、あるかどうか、わかりません」

と、後藤が、いう。

「パラシュートというのは、未経験の人間でも、教えれば、簡単に、使用できるものなのですか？」

十津川が、きくと、後藤は、困惑した表情で、

「私は、パラシュート降下を、したことがありませんから、その点は、申しわけありませんが、まったくわかりません」

仕方なく、十津川は、自衛隊にいる友人に電話をかけた。事件のことはいわずに、パラシュート降下のことだけをきいてみた。

「一度も、パラシュート降下をしたことがない人間でも、経験者が教えれば、すぐに降

下できるのかな？」

「どのくらいの高度から降下するんだ？」

と、友人が、きく。

「五、六百メートルの高さだ」

「そのくらいの高さがあれば、大丈夫だ。教えれば、誰でも使える。あとは勇気だけだ」

と、友人が、いった。

5

「警部は、いったい、何を、考えておられるのですか？」

亀井が、きく。

「万一の場合のことを、考えているんだが、今は、考えないほうが、いいかもしれないな」

自分にいいきかせるように、十津川が、いった。

6

飛行船ツェッペリンNTワンは、時速五十キロで、ゆっくりと東京の上空を周回していた。

二名のパイロットには、ハイジャックが知らされていたが、キャビンにいる七人の招待客には、何も、知らされていない。

七人の招待客は、静かで、揺れない東京上空の遊覧に、誰もが、満足していた。

アテンダントの木村由美が、用意しておいたシャンパンを抜いて、七人の招待客に、ふるまった。

アパレルメーカーの女社長、高見圭子は、広い窓から、東京を見下ろしながら、

「今度は、夜に、もう一度乗ってみたいわね。きっと、東京の夜景は、きれいでしょうね」

隣に座ったIT産業社長の長谷川に、いっている。

「それよりも、僕は、この飛行船が、一隻欲しくなりましたよ」

長谷川が、ニコニコと笑いながら、いった。

「でも、十六億円ですわよ」

「安いもんじゃありませんか。飛行船は、だいたい、五百メートル前後の低空を飛びますからね。船体に、広告を入れたら、誰もが読める高さですよ。広告媒体としても、これから、飛行船は、評判になるんじゃないかと、思いますね」

と、長谷川が、いった。

「お友達に、電話したいんだけど、携帯を使っていいかしら？」

女優の南みゆきが、アテンダントの木村由美にきいた。

由美は、ニッコリして、

「ええ、どうぞ、どこへでも、おかけになって構いませんよ」

南みゆきは、自分の携帯を取り出して、友達に、かけ始めた。

相手は、現在、六本木で、人材派遣会社の社長を、やっているという女性だった。

「ねえ、今、六本木の、ＥＫビルにいるんでしょう？　それなら、窓のところへいって、空を見てくれないかしら」

みゆきが、いう。

「空に、何か浮かんでいるの？」

「浮かんでいるのは私」

南みゆきが、笑いながら、いう。

「今、私が乗った、飛行船ツェッペリンＮＴワンが、六本木の上空を飛んでいるの。たぶん、あなたの会社の窓から、見えると思うんだけど」

「ちょっと待って、今、窓のところへいくから。あ、見えたわよ。ずいぶん低いところを飛んでいるのね」

「現在、高度六百メートルですって。こちらからも、六本木の、ＥＫビルが見えるわ。手を振ってみて」

みゆきが、嬉しそうにいった。

「じゃあ、そっちも、手を振ってみてよ。飛行船の下に、吊り下がっている、ゴンドラっていうのかしら。そこに何人か、お客さんが乗っているのは見えるんだけど」

と、相手が、いった。

みゆきは、ゴンドラの後部にある、パノラマウインドウまでいって、友達に向かって、手を振った。

みゆきは、自分たちが、今どうなっているのか、まったく知らなかった。

7

午前十時。

Ｒテレビの社長室にいた、西本と日下の二人の刑事は、午前十時ジャストに、社長室の電話が鳴るのをきいた。

社長は、何も知らずに、現在、東京上空で景色を、楽しんでいる。

電話に出たのは、島崎社長の弟で、副社長の島崎次郎だった。

同時に、自動的に、テープが回り始める。

「三千万円は、用意できたかね？」

男の声が、いった。

「私の足元に用意してある。どうすれば、いいのかね？」

「その三千万円を、ボストンバッグに、詰めろ。ルイヴィトンのＲＣＡというバッグがいいな。今から十分後に、また電話をする」

そういって、相手は、電話を切ってしまった。

建設会社の社長、遠山和久の社長室にも、同じ電話が、かかった。

総合商社社長の寺脇幸平の社にも、同じ電話がかかってきた。

エース広告の社長室も、同じである。

アパレルメーカーの女社長、高見圭子の社長室にも、同じ電話がかかった。

ＩＴ産業社長、長谷川の社長室にも、女優、南みゆきの所属するプロダクションの、社長室にもである。

いずれも、金は用意できたというと、同じように、ルイヴィトンのＲＣＡというボストンバッグに、詰めろ。十分後に、電話すると、いった。

警視庁のなかに、設けられた捜査本部に、そうした報告が、次々に入ってくる。

十津川が疑問視したのは、合計二億一千万円の身代金を、どんな方法で、犯人は、奪い取るつもりなのだろうかということだった。

どんな誘拐事件でも、最大の問題は、身代金の、受け渡しである。犯人にとって、いちばん危険な時でもあるし、逆に、警察から見れば、犯人を逮捕できるチャンスでもある。

十津川は、東京の地図のなかに、七人の会社、あるいは、プロダクションの場所を、赤い丸で囲っていった。七カ所すべてが、同じ東京都内にあるといっても、集中してあるわけではなかった。

となると、犯人はどうやって、この会社、あるいは、プロダクションから身代金を手に入れようと、するのだろうか？

「カメさんは、どう思うね。犯人は、どうやって、それぞれの会社から三千万円を奪うつもりだろうか？」

「そこが、私にも、わかりませんね。バラバラの場所にある会社、プロダクションに、それぞれ三千万円を要求し、犯人が、一つ一つ回って歩いて、二億一千万円を集めるつもりなのでしょうか？」

「しかし、そうするより、仕方がないだろう。この七つの会社の責任者に、どこそこまで金を持ってこいと、指示はできないんじゃないかな。そんなことをすれば、犯人は、七回、危険を冒すことになるからね」

「確かにそうですね」

亀井も、首をかしげている。

十分後、犯人から、また電話が入った。

どこに対しても同じ要求だった。

「三千万円を詰めたルイヴィトンのボストンバッグは、会社の受付に置いておくこと。今から回収に回る。もし、その回収の人間が、警察に逮捕された場合は、現在、ツェッペリンNTワンに乗っている七人の乗客の命は、助からないものと覚悟すること。また回収者を尾行した場合も、七人の乗客の命と、引き換えになることを覚悟せよ」

と、犯人は、いった。

「どうしますか？」

亀井が、十津川を、睨むように見て、きく。

「カメさんならどうする？」

「それがわからなくて困っています。回収して回る犯人を、捕まえていいものか、判断がつかないのです。犯人を捕まえてしまったら、共犯者が、いるでしょうから、今、東京上空にいる、七人の招待客は、死ぬことになってしまうかもしれません。それを考えると、犯人を逮捕するのも、危険なような気がします」

「その点は、同感だ。今回の事件が、単独犯によるものとは、思えない。共犯が何人かいると、思わなければならない。したがって、一人を捕まえても、逆に、人質の命が、危険にさらされかねない。私としては、その危険な方法はとらず、犯人を尾行すべきだと思っている」

8

最初に犯人が現れたのは、Ｒテレビだった。

なぜか、やたらに目立つ真っ赤な、軽自動車でやってくると、サングラスをかけた、三十代くらいの男が、受付で、黙って、ルイヴィトンのボストンバッグを受け取ると、車に放り込んで、再び、黙って走り去った。

「犯人の車は、真っ赤な、軽自動車です。ナンバーは、品川６００　２１－５６。車に乗ってきたのは、身長百七十五、六センチの三十代くらいの男で、サングラスを、かけています」

Ｒテレビに詰めていた西本が、十津川に、電話で知らせた。

二番目に、真っ赤な、軽自動車が現れたのは、遠山建設本社の、受付だった。

ここでも、サングラスの男は、黙ってルイヴィトンのボストンバッグを受け取り、それを車に放り込むと、走り出した。

遠山建設に、詰めていた三田村と北条早苗（さなえ）刑事が、同じ軽自動車が、きたことを、十津川に知らせた。

ナンバープレートも、同じである。

その真っ赤な軽自動車の写真は、すぐ取り寄せられて、捜査本部の壁に張られた。

「どうにも、わかりませんね。犯人は、どうして、真っ赤な、軽自動車なんかで、回収しているんでしょうか？　真っ赤なんて、やたらと、目立つ色ですよ。スポーツカーなら、真っ赤な車も多いでしょうが、軽自動車では、比較的大人しい色が今、いちばん、売れているときいたことがありますし、目立ちません」

亀井が、いうと、十津川も、

「そうだな。その真っ赤な、軽自動車しかなかったのか、それとも、わざと、目立つ色の軽自動車で、走り回っているのか？　私にもわからん」

五番目に、真っ赤な、軽自動車が現れたアパレルメーカーの、本社の受付で、車から降りてきた犯人の男を、そこに詰めていた守衛が、そっと、カメラに収めようと手を動かした。

途端に、サングラスの男が、

「社長が、死んでもいいのか！」

大声で、怒鳴り、守衛のそばに、ツカツカと近づくや、デジカメを取り上げた。

「馬鹿な真似はするなって、いっておいたはずだ。あんたの馬鹿げた、行動が、高見っていう女社長の、首を絞めることに、なるかもしれんのだぞ！」

大声でいって、男は、車に戻っていった。

あと残っているのは、ＩＴ産業の、長谷川社長のところと、女優の、南みゆきのプロダクションの、二カ所である。

十津川は、そこに、詰めている刑事に向かって、

「犯人の顔や、車の写真は、撮るな。ヘタをすると、人質が殺される恐れがある」

と、まず、いってから、最後に、回収にくると思われる女優、南みゆきのプロダクションに、詰めている二人の刑事に、

「車を用意しておけ。犯人の車を、尾行するんだ。ただし、あまり、接近しすぎて、気づかれないようにしろ」

と、注意した。

十津川が、予想したとおり、サングラスの男が最後に現れたのは、女優、南みゆきの、プロダクションだった。

　ここでも、同じように、真っ赤な軽自動車で、乗りつけると、受付に置かれた、ルイヴィトンのボストンバッグを無造作に手に取り、車に放り込むと、ただちに、車をスタートさせた。

　二人の刑事が、あらかじめ、用意していた覆面パトカーで、真っ赤な軽自動車のあとを追った。

　尾行にあたった刑事は、田中と片山の、コンビだった。

　前方をいく、真っ赤な軽自動車は、スピードを、上げるでもなく、ゆっくりと、走っている。

　助手席の片山刑事が、携帯を使って、十津川に、連絡を取った。

「プロダクションのある四谷三丁目から、出発して、犯人の車は、時速四十キロのスピードで、ゆっくりと、新宿方向に走っています」

「尾行に、気づかれた気配は？」

　十津川が、きく。

「大丈夫です。まったくありません」

　二億一千万円を積んだ真っ赤な軽自動車は、相変わらず、ゆっくりと、走っている。

　十津川は、ジャパン天空株式会社の、佐藤社長秘書に、電話をかけた。

「犯人は、七人の招待客の、会社から、身代金二億一千万円をかき集めて、現在、車で、新宿に、向かって走っています」

「それでは、七人の方全員が、犯人に身代金を払ったのですね？」

電話の向こうから、佐藤の、ホッとしたような声が、きこえた。

「そうです。犯人が約束を守る人間なら、今からそちらに、電話連絡してくるはずです」

「私は、これからどうしたらいいですか？」

佐藤が、心細げに、きく。

「今から、亀井刑事を連れて、そちらにいきます」

十津川が、いった。

これからあとは、たぶん、ハイジャックした犯人と、飛行船ツェッペリンNTワンの持ち主である、ジャパン天空株式会社の交渉ということに、なってくるだろう。

十津川は、三上本部長に断って、亀井を連れて、すぐに、警視庁を出発した。

ジャパン天空株式会社の本社は、東京駅の近くにあった。

覆面パトカーで、駆けつけた十津川と亀井が、三階にある社長室に、入っていくと、佐藤が、二人を迎えた。

「犯人からの連絡は、まだ、ありませんか？」

「待っているんですが、まだ、何の連絡も入ってきません」

その時、十津川の携帯が、鳴った。

犯人の車の、尾行に当たっている田中と片山の二人からの、連絡だった。

「やられました」

と、いきなり、片山がいう。

「何を、やられたんだ？」

「今、新宿西口ですが、犯人の車が、ホテル二十一世紀の、地下駐車場に入っていったので、出入口で、見張っていたところ、あの真っ赤な、軽自動車が出てきたんです。ナンバーも品川600の21―56ですから、すぐ、尾行に、移ろうとしたところ、驚いたことに、また一台、同じ真っ赤な、軽自動車が、出てきました。ナンバーも同じでした。驚いていると、今度は三台目の、真っ赤な軽自動車が出てきて、運転しているのは、三台とも、サングラスをかけた、若い男です。その三台が、バラバラに動くので、どの車を、尾行したらいいのか、わからなくなりまして」

と、片山が、いった。

「三台とも、同じ真っ赤な、軽自動車なのか？」

「そうです。ナンバーも同じです。どれを、尾行したらいいのか」

「最後の、三台目の車を尾行しろ」

「それが、犯人の乗っている車ですか？」

「それはわからない。しかし、人間の心理として、まず、一台目には乗らないだろう。おそらく、最後の車に、乗っているはずだ」

十津川は、いったが、彼にも自信が、あるわけではなかった。

十津川はすぐ、警視庁のヘリコプター部隊に、電話をかけた。

「今から、東京の上空から、監視に当たって欲しい。ハイジャック犯が、真っ赤な、軽自動車で逃走している。その車を、上空から、見つけて欲しいんだ。ナンバーは、品川600の21－56だ」

十津川は、ヘリコプターが、前の二台の赤い軽自動車を、発見してくれるかどうかは、わからないと、思っていた。

しかし、三台目は、田中と片山の二人が、尾行している。

もし、犯人が、ほかの二台に、乗っているとすれば、上空から、ヘリコプターで見つけてもらうよりほかに、方法はなかった。

時間が、経っていく。

警視庁のヘリコプターが、真っ赤な軽自動車を、発見したという報告は、入ってこない。

現在、十津川と亀井は、ジャパン天空株式会社の、社長室にいるのだが、ここの電話が鳴る気配もなかった。

社長の小堺が心配して、

「犯人は、本当に、電話をしてくるでしょうか？」

「普通なら、身代金を手に入れたのですから、連絡してくるはずです」

「しかし、電話は、まだ鳴りませんが」

「犯人は身代金を手に入れて、車でどこかへ、いこうとしています。たぶん、仲間のところへいくのだと思います。完全に金が手に入ったと思った時点で、連絡してくると、思いますから、時間がかかるかもしれません」

十津川は、いった。

「どのくらい、待てばいいんですか？」

また、怒ったような口調で、小堺社長が、十津川にきいた。

「そうですね。三十分か一時間くらいでしょう。問題は、その間、無事にツェッペリンＮＴワンが、飛んでいて、くれるかどうかです」

十津川が、いうと、小堺社長は、

「そちらは、心配ありませんよ。エンジンが止まっても、飛行船は墜落する心配はないのですから」

9

現在、東京上空には、警視庁の、二機のヘリコプターが、飛んでいた。

そのうちの一機が、東京から、北西に向かう関越自動車道の下り車線に、真っ赤な軽自動車を発見した。

低空に降りて、双眼鏡で、ナンバープレートを確認。パイロットが、十津川に報告した。

「現在、一台の、真っ赤な軽自動車、ナンバー品川６００　２１―５６が、関越自動車道を北西に向かって、走行中です」

「運転している男は、見えますか？」

「運転手も、確認しました。サングラスをかけた三十代の男です。どうしますか？　車を停めて、犯人を、逮捕しますか？」

「いや。できるだけ尾行して、どこへいくか、それを確認してください」

「了解」

パイロットが、いった。

十五分後に、もう一機のヘリコプターが、二台目の、真っ赤な軽自動車を、発見した。

場所は、有明である。

「車は現在、有明の広場に、停まっています。真っ赤な、軽自動車で、手配されている、ナンバーに一致しています」

「それで、運転手は、見つかりましたか？」

「今、サングラスをかけた男が、車の外に出て、タバコを吸っていますね。どうしますか？　逮捕しますか？」

「そこで、別の人間と、会ったら、その写真を撮ってください」

とだけ、十津川は頼んだ。

三台目の、赤い軽自動車を、尾行している田中と片山の二人は、すでに、甲州街道に入り、明大前付近を、西に向かって、走行中だった。

助手席の片山には、十津川から連絡が入っていた。

一台目、二台目の、真っ赤な軽自動車は、すでに、警視庁のヘリコプターによって、発見されたという、知らせだった。

「今、私たちは、甲州街道を、西へ向かっていますが、目の前の車に、犯人が、乗っているんでしょうか？」

片山が、十津川に、きいた。

「それが、わからないから、私も迷っている」

「私たちが、尾行している車に、犯人が、乗っている可能性も、あるわけですね？」

「そのつもりで、慎重に、尾行してくれ」

十津川が、いった。

覆面パトカーを、運転している田中刑事は、じっと、前方に、目をやった。

「どうやら、俺たちが、尾行している車が、本物みたいな気がしてきた」

田中は、助手席の、片山に、いった。

「どうして、わかるんだ？　十津川警部は、ほかの二台の車も、犯人かどうかわからなくて、困っていると、いっていたぞ」

「前方を、走っている車をよく見ろよ。どんどん、ほかの車に、抜かれているのに、ゆっくりと、時速四十キロか五十キロくらいで走っている。最初に尾行した車の動きと、よく、似ているじゃないか？」

田中が、いった。

「しかし、それは逆かもしれないぞ」

片山が、慎重に、いった。

「逆？　逆というのは、いったい、どういう意味だ？」

「いいか、よく、考えてみろよ。もし、俺たちの尾行している前方の車が、犯人のものだとしよう。犯人は身代金二億一千万円という大金を手に入れて、あの車に積んでいるんだぞ。金を集めるまでは、慎重に運転しているかもしれないが、大金が手に入ったら、急いで、仲間のところにいくんじゃないか？　犯人の心理としては、それが、当たり前だと思うんだ。ところが、あんなに、ゆっくりしているところをみれば、金は、あの車には、積んでいないということだって、充分に、考えられるじゃないか？」

片山が、いった。

「なるほど、そうか。確かに、そういう、考え方もあるな」

少しばかり気落ちした声で、田中が、いった。

田中は、わざと、こちらの車を前方の軽自動車に、近づけていった。

「何か、話しているみたいだぞ」

田中が、いった。

どうやら、携帯をハンドルのそばに置いて、運転しながら、サングラスの男が、話をしているように見えた。

「どこかに連絡しているんだろうか？」

助手席の片山が、いう。

「仲間だろう。これでまた、向こうの車が、本命らしく、見えてきたぞ」

田中が、大きな声でいった。

第二章　北東へ進路を取れ

1

東京の郊外にある調布(ちょうふ)飛行場は、自家用機の離着陸に、使われたりしている。

片山と田中の二人の刑事が、尾行していた真っ赤な軽自動車は、その調布飛行場へと、入っていった。

二人の刑事は、飛行場の入口のところで、車を停めた。このまま、入っていけば、絶対に、尾行に、気づかれてしまうだろう。そう思ったからである。

片山刑事が、すぐに、十津川に連絡を取った。

「今、調布飛行場に、きています。尾行していた真っ赤な、軽自動車は、滑走路わきのいちばん端までいき、そこで、停まっています。どうしたらいいでしょうか？」

「そこで、何を、しているんだ？」

「いちばん端に、双発の飛行機が、停まっていて、その飛行機に、軽自動車から、何かを乗せています。ボストンバッグのように見えます」

「どうやら、その車が、本命かも、しれないな。七カ所で、集めたボストンバッグを、その飛行機に、積んでいるのかもしれん」

「車と飛行機、それに、運転していた男を、確保しますか？」

「ちょっと待て」

急に、十津川が、止めた。

隣にいる亀井刑事が、どこかに、電話をかけていて、それが、終わるとすぐ、十津川に向かって、いった。

「有明に、停まっていた赤い軽自動車ですが、そこへ今、乗用車が、近づいて、二人の男が、軽自動車から、ボストンバッグを、どんどん積み替えているそうです」

と、十津川に、いった。

一台目の、赤い軽自動車は、依然として、関越自動車道を、北西に向かって、走っているという。

十津川は、田中と片山の二人の刑事に向かって、

「そこから見える、双発の飛行機は、今、どうなっている？」

「すでに、エンジンが、かかっています。すべての、ボストンバッグを、車から、飛行

機に移してしまいました。どうしますか？　逮捕しますか？」

「ほかの場所でも、同じようなことが、おこなわれているんだ。そうだな、まず、双発機の写真を、撮れ」

「もう、離陸が始まりました。止められません」

叫ぶように、片山が、いった。

「すぐ、飛行機の写真を撮り、調布飛行場の事務所で飛行機の持ち主を、確認しろ。ほかのことは、何もしなくていい」

離陸した双発機は、たちまち、北の空に、消えていった。

田中と片山の二人は、飛行場を管理している事務所に、いき、そこにいた事務員に、警察手帳を見せて、離陸していった双発機についてきいてみた。

「今、離陸した双発機は、日本遊覧という会社の、飛行機で、この会社は、双発機二機、単発機二機、そして、ヘリコプター二機を、所有しています。銀座三丁目の、ビルのなかに本社があって、代表者は、水島功一となっています」

「業務内容は？」

「遊覧飛行が、中心で、それ以外に、人や貨物の輸送、マスコミなどへの飛行機の貸与となっています」

「さっき離陸した、双発機ですが、どんな契約に、なっているのですか？　日本遊覧のパイロットが、操縦しているんですか？」

田中が、きくと、事務員は、ファイルを取り出してみていたが、

「今日は、谷川優という、パイロットの免許を持った、五十歳のお客様が、明日までの、二日間の予定で、日本遊覧から、双発機を借りています」

と、教えてくれた。

二人の刑事は、その谷川優という男の、パイロット免許の写しを、見せてもらった。

なるほど、谷川優、五十歳とあり、住所は、世田谷区給田になっていた。

双発機を借りた理由は、東京から大阪への、荷物の運搬とあった。

「予約をしたのは、いつですか？」

「ここに、書いてありますが、一週間前です。二日間の料金が払われ、谷川優という人の、パイロット免許にも、問題がなかったので、今日明日の二日間、貸すことに、なっています」

「さっき出発した、双発機の写真と、性能を書いたものは、ありませんか？」

片山が、いうと、問題の双発機の写真と、カタログを見せてくれた。

田中刑事が、性能を書き写した。

機種名・BEバロン58、メーカー・アメリカバーチ社、エンジン・テレダインコンチネンタル社製ピストンエンジン、三百馬力×二、定員五名＋乗員一名、自重一五六二キ

ログラム、最大離陸重量二四九五キログラム（自重・燃料・人員含む）、最大巡航速度三七六キロメートル／時、上昇限度六三〇六メートル、全幅十一・五三メートル、全長九・〇九メートル、全高二・九七メートル、航続距離二九〇六キロメートル。

「燃料を、いっぱいに積んで、離陸したんだと思いますが、時間的には、どのくらい、飛べるんですか？」

片山が、きいた。

「八時間ぐらいだろうと思いますね」

その時、刑事に、対応していた事務員が、突然、

「何だか、さっきの、飛行機が戻ってきたみたいですよ」

と、いう。

確かに、爆音が、きこえている。

二人の刑事は、事務所を、飛び出した。なるほど、さっき離陸したばかりの、双発機が、飛行場に、近づいてくる。

「故障かな」

と、片山が、いったが、それらしい様子は、なかった。エンジン音も正常だし、煙も出ていない。

双発機が、低空で、飛行場に入ってくると、突然、小さな荷物が、双発機から、放り

出されるのが見えた。

次の瞬間、双発機は、急上昇して、アッという間に、刑事たちの視界から、消えてしまった。

双発機から、放り出された荷物は、滑走路の上に、落ちている。

二人の刑事は、その荷物に向かって、走った。

例の、ルイヴィトンの、ボストンバッグだった。手提げの部分に、針金で大きな荷札のようなものが、ついていた。

二人の刑事は、それを持って、パトカーのところに戻り、そこに、書かれた文面を、読んだ。


〈警察とジャパン天空株式会社に警告する。

われわれは、七つの会社から、三千万円入りのボストンバッグを、回収した。しかし、機上で調べたところ、ひとつのボストンバッグのなかから、三千万円の札束の代わりに、古雑誌が、見つかった。

これは、明らかな、われわれに対する、挑戦であり、嘲弄でもある。

七つの会社のうち、どこの会社から、回収したボストンバッグなのかが不明なので、連帯責任とみなし、現在、上空にいる、人質たち、七人の客、パイロット二人、アテンダント一人の、合計十人の解放を中止することにした。

今から、午後四時までの間に、七つの会社が、われわれに、対する挑発を懺悔し、各自三千万円の倍、六千万円を、われわれに対して支払うことを、決めれば、その場合にのみ、十人の人質の解放を約束する。

しかし、これができなければ、七つの会社、そして、警察、飛行船の持ち主のジャパン天空株式会社に対して、徹底した罰を与えることにする〉

文章は、書き手の怒りを示すように、太めのサインペンで、乱暴に書かれて、あった。

二人の刑事は、ルイヴィトンの、ボストンバッグの口を、開けてみた。そこに、入っていたのは、札束ではなくて、古雑誌の山だった。

片山が、すぐ、このことを、十津川に、電話で知らせた。

「すぐ、それを持って、こっちにこい」

十津川が、大声で、怒鳴った。

捜査本部に、片山と田中の二人が、問題のボストンバッグを、持ち込んだ。

それは、犯人が指定した、ルイヴィトンのＲＣＡという、大きなボストンバッグである。

十津川は、手袋をはめ、その、ボストンバッグの口を、開けてみた。

なかは、古雑誌で満たされている。

それを、十津川は、テーブルの上にぶちまけた。

それから、犯人たちが、怒りに任せて、書いたと、思われる、警察と、ジャパン天空株式会社に対する警告文を壁に張りつけた。

「問題は、これが、本当のことなのか、それとも、犯人たちの、悪知恵なのかということだな」

三上本部長が、十津川に向かって、いった。

「本部長の、いわれるとおりです」

「私にいわせれば、これは、犯人の企みだよ。七つのボストンバッグのひとつから、三千万円の身代金ではなくて、古雑誌が、見つかった。だから、すぐには解放しない。こう脅して、もっと高額の、身代金を奪うつもりだ。第一、犯人たちは、七カ所から七つの、ボストンバッグを、回収したわけだろう？　その時に、一つ一つ、中身を、確かめないなんてことは、考えられないじゃないか？　これは、明らかに、犯人たちの悪巧みだよ。そうに決まっているさ」

「どうなんだ？」

十津川は、田中と片山の二人に、きいた。

片山刑事が、答える。

「私と田中は、南みゆきのプロダクションに詰めていたのですが、会社から受け取ったあと、いちいち中身を、確認しては、いませんでした」

「なぜ、確認しなかったのだろう？」

「人質の命がかかっているわけですし、一社に対して億単位の、身代金を要求したわけではありません。一社三千万円ですから、人質の命のことを考えれば、まさか、ボストンバッグのなかに古雑誌を、入れるような会社はないだろう。そう、思い込んで、いたからでは、ないかと、私は思いますが」

十津川は、今度は、三上本部長に、目をやって、

「片山刑事が、話したとおりです。犯人たちの、悪巧みか、七つの会社のひとつが、逆らったのか、可能性は、半々ぐらいと、私は思っています」

「本当のところは、どうなのか、それを、確認できるような方法は、ないかね？」

「今のところ、ありません。七つの会社の一社が逆らったとしても、自分が、逆らったとは、絶対にいわないでしょうし、犯人たちも、悪巧みとは、いうはずはありません」

「そこにあるのは、問題の、ルイヴィトンのボストンバッグだな？」

三上がきく。

「そうです」

「犯人が指定した、ルイヴィトンのＲＣＡというボストンバッグは、七つの会社が、自

分のところで、用意したものだ。そうだったね？」

「そのとおりです」

「それなら問題のボストンバッグが、七つのうちの、どの会社が用意したものなのかがわかれば、少しは、捜査が、進むんじゃないのかね？」

と、三上が、いう。

「私も、本部長がいわれたのと同じことを、やってみようと思っているのですが、あまり期待は、持てません」

十津川は、いった。

犯人の指示にしたがって、七つの会社は、まったく同じ形の、ルイヴィトンのバッグを用意した。

外見だけでは、どこの会社が用意したものなのかは、わからない。

わかるとすれば、そのボストンバッグについている指紋、ということになるが、もし、最初から、三千万円の現金の代わりに、古雑誌を入れた会社があったとすれば、当然、指紋には、気をつけて、手袋をはめた手で、扱っているだろうからと、十津川は、考えたのだ。

それでも、問題のボストンバッグは鑑識に回されることになった。

2

　この後、十津川は、亀井を連れて、ジャパン天空株式会社に、再びパトカーを飛ばした。

　当然、飛行船の持ち主である、ジャパン天空株式会社にも、犯人は、同じような警告を送っているに違いないと思ったからである。

　十津川たちが、ジャパン天空株式会社の本社を訪ね、社長秘書の、佐藤に会うと、彼のほうから、

「今ちょうど、警察に、電話をしようと思っていたところです」

　と、いう。

「そちらにも、犯人からの、警告がきたんですね？」

「少し前に、ファックスが送られてきました」

　佐藤は、そのファックスを十津川たちに、見せた。

　ファックスは、世田谷のコンビニエンスストアから、送られてきたもので、文面は、同じだった。

　おそらく、双発機に乗っていた犯人が、地上にいる仲間に知らせて、その仲間が、こ

のファックスを、ジャパン天空株式会社に、送ってきたのだろう。

「これは、本当でしょうか？　七つの会社のうちの、一社が、三千万円の身代金の代わりに、古雑誌を、ボストンバッグに詰めて、犯人に渡したというのは。警察は、どう考えているんですか？」

　佐藤が、きいた。

「今のところ、真偽は、わかりません。各社にきいても、正直に答えるとも、思えませんし、三上本部長は、これは、犯人たちが、話をでっちあげて、さらに、身代金を要求しようとしているに、違いないと、いっていますから」

　と、十津川は、いった後、

「現在、ツェッペリンＮＴワンは、どのあたりを、飛行しているのですか？　飛行船のほうに、何か、トラブルが起きているということは、ありませんか？」

「隣の部屋にまいりましょう」

　と、佐藤は、いい、十津川と亀井の二人を、隣の広い部屋に案内した。

　そこには、百インチの、巨大なテレビが置かれていて、飛行中の、ツェッペリンＮＴワンが映っている。

「これは、現在のツェッペリンＮＴワンですか？」

「そうです」

「いったい、どうやって、映しているのですか？」

と、亀井がきく。マスコミの取材ヘリは、飛んでいないはずだった。

「ウチとしては、何よりも、ツェッペリンＮＴワンのことが、心配でしたから、事件が起きると同時に、ヘリを、チャーターしましてね。犯人を、あまり刺激してはいけませんが、そのヘリから、望遠レンズつきのカメラで撮影し、それをこちらに、送ってもらっています」

と、佐藤が、説明した。

ジャパン天空株式会社が、チャーターしたヘリのほかには、マスコミのヘリや、飛行機が飛んでいる気配が、ないのは、まだ、今回のハイジャックが、マスコミに、知られていないからだろう。

一緒に、その百インチの画面を見ていた亀井が、急に、

「何か、近づいてきますよ」

と、いった。

飛行船の反対側に、何か、小さな点のようなものが見えている。それが、どんどん大きくなり、そのうちに、双発の飛行機だということがわかった。

「あ、何をしているんだ！」

突然、佐藤社長秘書が、大きな声を出した。

「そんな場所に、入らないでくれ！」

と、また、佐藤が怒鳴った。

無理もない。突然現れた双発機が、ツェッペリンNTワンと、ジャパン天空株式会社の、ヘリの間に、割り込んできたからである。

「邪魔だな」

と、十津川も、つぶやいた。

「どこの新聞社の、飛行機ですか？」

佐藤が、十津川を見る。

「いや、あれは、犯人たちの双発機ですよ」

「本当ですか？」

「間違いありませんね。犯人が借りて、調布飛行場から、飛び立っています。それが、ツェッペリンNTワンのそばまで、飛んできたことになります」

「どうしたらいいですか？」

「おたくのヘリと連絡を取って、後方に下がらせて、もらえませんか」

十津川が、いうと、佐藤は、すぐ、ヘリに、連絡を取った。

「今の位置から、二百メートル離れてくれませんか？　今の位置では危険です」

百インチの、テレビ画面のなかで、ツェッペリンNTワンと、双発飛行機の姿が、急速に、小さくなっていく。

「そちらから見て、ツェッペリンNTワンの、ゴンドラにいる七人の客は、どんな様子ですか？」

「これ以上は、近づけないので、双眼鏡で見ているのですが、ゴンドラにいる七人の客は、一応リラックスしているように、見えます」

「七人の乗客は、自分たちが、まさか、人質になっているとは、まだ、気がついていないからでしょう。ゴンドラのなかの七人が、リラックスしているように見えても、おかしくありません」

十津川がいった時、ヘリのパイロットが、

「撃たれました！」

と、大声を出した。

「何があったんですか？」

佐藤も、大声で、きき返す。

「今向こうの双発機から、撃たれたんですよ。こちらに向かってライフルで、発砲したんだと思います」

「双発機のなかで、ライフルらしいものを持った男が、こちらを見ていましたから」

「おそらく、犯人の警告だと、思いますから、さらに、百メートル離れてください」

佐藤が、指示した。

テレビ画面のなかの、ツェッペリンNTワンと双発機の姿が、さらに小さくなった。

「少し様子が、おかしいですよ」

ヘリのパイロットが、伝えてくる。

「何が、おかしいのですか？」

と、十津川が、きく。

「ツェッペリンNTワンが、方向を、変えたような気がするんです」

「間違いありませんか？」

佐藤が、きく。

「まず、間違い、ありませんね。今まで、飛行船の先頭部分が、北西に向かっていたんです。ところが、今は、北東に向かっています」

なるほど、百インチのテレビ画面のなかでも、前より、小さくなってしまった、ツェッペリンNTワンが、方向を変えたように見える。

「双発機は、どこにいます？　テレビ画面のなかから、消えてしまったんですが」

「今、双発機は、ツェッペリンNTワンの、ちょうど、真上にいます。飛行船の高度は、六百メートル、それより、三百メートルほど高いから、高度九百メートルといったところです。これから距離をおいて、しばらく、ツェッペリンNTワンを、追ってみようと思っています」

ヘリのパイロットが、いった。

「充分に気をつけてください」

佐藤が、いった。

十分ほどすると、今度は、ヘリのパイロットのほうから、連絡してきた。

「ツェッペリンＮＴワンの針路が、だいたい、わかってきました。時速約六十キロで、北東に飛行しています。地図上でいえば、宇都宮から、福島方面です」

「間違いありませんか？」

「同じ針路を、飛んでいるんですが、ちょうど眼下に、東北自動車道が、走っています。たぶん、それに沿って、ツェッペリンＮＴワンは、飛んでいるんだと思いますね」

「双発機は、どうしていますか？」

「依然として、さっきと、同じ高度九百から千メートルを、同じように、北東に向かって、旋回を繰り返しながら、飛んでいます」

3

その双発機が、突然、視界に入ってきた時、ツェッペリンＮＴワンの機長、井川隆と、副操縦士の三浦徹の二人は、犯人の指示にしたがって、時速五十キロから六十キロのスピードで、東京遊覧のコースをなぞるように、飛んでいた。

ヘリが一機、つかず離れずの、感じで飛んでいたのも知っていた。

ヘリは、おそらく、ジャパン天空株式会社がハイジャックされたツェッペリンNTワンのことが心配で、遠くから見張っているのだろうと、想像がついた。

そんなヘリだから、飛行船と、並行して飛んでいるのを見ると、心強い気がしていた。

後から現れた、双発機は、突然、ツェッペリンNTワンと、そのヘリとの、間に入ってきた。

その後、ヘリが、猛スピードで、こちらから、離れていったのである。

機長の、井川隆のヘッドホンに、男の声が飛び込んできた。

「お前の右手を見ろ。今、そちらの近くを飛んでいる双発機から、この、連絡をしている」

と、男が、いった。

「犯人の仲間か？」

井川が、きくと、彼のヘッドホンに、相手の小さな笑い声が、響いた。

「今から指示を与える。われわれが、監視しているから、少しでも、こちらの指示にしたがわなかったり、反抗したりすれば、ただちに、撃墜する。こちらは、高性能のライフルを、持っているのだ」

機長の井川は、今、真横を、飛んでいる双発機について、詳しい知識を、持っていた。以前いた航空会社で、その双発機を何度か、操縦したことが、あったからである。

アメリカ製のプロペラ機で、名前は、ＢＥバロン58、エンジンは、三百馬力が二つ、ついているはずだった。最高スピードは時速四百キロ近い。航続距離も三千キロ近くはあるはずだ。

定員は、五名プラス一名だが、向こうの、機内を見ると、三人の人影しか見えない。そのうちの一人が、パイロットだろう。

三人目の男が、これ見よがしに、ライフルを手に取って、こちらに見せつけていた。

「飛行コースの変更を、指示する」

「どうするんだ？」

「今から、青森に向かって飛べ。コースは、東北自動車道に沿って、宇都宮、福島、仙台、盛岡、青森だ。スピードは、時速五十キロから、六十キロで進め、仙台空港および青森空港で給油の用意をするんだ」

「どうして、コースの変更を命じるのかね？　身代金が手に入ったら、この飛行船のゴンドラの底に、取りつけた爆弾の処理方法を教えてくれるんじゃなかったのかね？　われわれを、解放するはずじゃなかったのかね？」

「もちろん、われわれは、最初から、そのつもりだった。大人しく、身代金が支払われていたら、今頃、君たちに、爆弾の処理方法を教えているはずだった。ところが、その身代金の、受け渡しで、思わぬトラブルが起こった。したがって、残念ながら、もうしばらく、ハイジャックを、続けなければならなくなった」

「どんな問題が、発生したんだ？」

「われわれは、そちらの、ツェッペリンNTワンに乗っている七人の乗客について、所属する会社に、身代金を要求した。ところが、そのうちの一社が、札束の代わりに、古雑誌を、ボストンバッグに詰めて、われわれに、渡したんだ。そんな愚かな行為のために、ハイジャックの時間が、延長された」

「しかし、君たちの要求に逆らったのは、一社というか、一人だけなんだろう？　だとすれば、その一人、その一社だけを攻撃すればいい。ほかの六人は、すぐ、解放して欲しい」

「それは駄目だ」

「どうして？」

「七つの会社のうち、どの会社が、一万円札の代わりに、古雑誌をボストンバッグに詰めたのかが、わからない。したがって、われわれとしては、一社ではなく、七社の、連帯責任と、考えざるを得ないのだ。ミスをした人間、あるいは、会社が、自らの行為を、告白して、五倍から十倍の身代金を払うと、申し出れば、われわれはすぐ、君たちを解放する。それは、約束する。しかし、その希望は、まず、叶えられないだろう。連中は、嘘つきだからだ。したがって、これから何時間かはまだ、今の緊張状態が続くことになる」

機長の井川は、犯人の指示にしたがって、飛行船の針路を変えた。

高度六百メートル、眼下に、東北自動車道が、白く光って見えている。その白い帯に、沿うように、ツェッペリンNTワンは、北東の方向に飛ぶことになった。

ドアをノックして、アテンダントの、木村由美が、コックピットに入ってきた。

副操縦士の三浦徹が、木村由美に向かって、

「どうしたんだ？」

「今まで、七人のお客さんは、東京上空の飛行を、楽しんでいらっしゃったんです。ところが、突然、飛行方向が変わったので、その説明を求めています」

「ハイジャックには、気がついていないようか？」

「今までは、まったく、気がついていらっしゃらなくて、空の旅を楽しんでいらっしゃいましたが、急に、騒ぎ始めました。定刻どおりに基地に帰ってもらわないと、仕事に差し支える。大事な取り引きの場所に、時間どおりにいけなくなる。そんなことを、おっしゃる方も出てきたんです。このままですと、おそらく、収拾がつかなくなります」

と、由美が、いう。

「そうか。わかった。僕が、皆さんにお話ししよう」

三浦は、そういって、コックピットを出ていった。

三浦は、客室に入ると、七人の乗客に向かって、

「アテンダントから、話をききました。それで、これ以上、黙っていることは、できなくなりました」

「ハイジャックでもされたのかね？」

乗客の一人が、いった。明らかに、ジョークのつもりなのだ。

「実は、そのとおりです。このツェッペリンNTワンは、ある犯人グループによって、ハイジャックされました」

「本当なのかね？　冗談じゃないのかね？」

「こんなことで、冗談は、いえません」

「しかし、このゴンドラのなかに、犯人らしい人間なんて、一人も、いないじゃないか？　あのきれいなアテンダントが、犯人なのかね？　それとも、君か？」

「犯人は、この、ゴンドラのなかにはおりません。しかし、われわれが、しらないうちに、犯人たちは、このゴンドラの底に、プラスティック爆弾を、取りつけたのです。そのプラスティック爆弾は、高度計と、連動していて、飛行船が、高度五百メートル以下

に下がると、爆発するように、設定されていると、犯人たちは、いっています。現在、六百メートルの高さで、飛んでおりますので、差しあたっての、危険はないと考えています」

「それで、犯人たちは、われわれの身代金を、どこに、要求したのかね？」

Ｒテレビ社長の、島崎幸彦が、落ち着いた口調で、きいた。

「犯人たちは、皆さん一人一人の身代金を、皆さんの会社に、要求したようです」

「それなら、もう身代金は、支払われたのではないのかね？」

総合商社社長の寺脇幸平が、きく。

「確かに、その身代金は、皆さんの会社が支払いました。ところが、一社だけ、一万円札の代わりに、古雑誌をボストンバッグのなかに詰めて、犯人たちに渡した会社があるのです」

「誰の会社が、そんな、馬鹿なことをやったんだ？」

「私の会社ではない」

「私のプロダクションでも、ないわ」

と、いっせいに、乗客たちは、しゃべり出して、収拾がつかなくなった。

「お静かに、願います」

と、副操縦士の三浦が、乗客たちを制して、

「どなたの会社が、一万円札の代わりに、古雑誌を、ボストンバッグに詰めたのか、今は、わかりません。犯人たちも、わからないといっております。ただ、そのために、解放までの時間が、長引いて、もう、しばらく、犯人たちの指示にしたがって、ツェッペリンNTワンは、飛び続けなければ、ならないのです。犯人の指示は、真下に、白く延びている東北自動車道に沿って、仙台、盛岡、青森に向かえと、そういうことです」

「さっきから、向こうを、飛んでいる双発機が、気になるのだがね」

といったのは、エース広告社長の松岡明だった。

「あの双発機に、犯人が乗っていて、こちらを、監視しているんじゃないだろうね？」

「実は、そのとおりです。青森に向かって飛べという指示も、あの双発機から、こちらに、伝えられました」

「今見たところ、向こうの、双発機に乗っているのは、三人だけだ。航空自衛隊に、頼んで、あの双発機を、撃墜してもらってはどうだろうか？　犯人一味が、一度に死んでしまえば、それがいちばん、手っ取り早い解決法じゃないか？」

ＩＴ産業の社長、長谷川浩二が、いった。

「確かに、それは、痛快な、やり方ですが、犯人たちが、全員死んでしまうと、この飛行船に取りつけられた、プラスティック爆弾の、解除の方法がわからなくなってしまいます」

「そうなると、向こうの飛行機に、乗っている犯人たちと、根競べということに、なるのかね？　いつになったら、解決するんだ？」

建設会社社長の遠山が、大声で叫び、長谷川が、

「私たちは、全員忙しいんだ。いつになったら、解放されるんだ？」

「それは、僕には、わかりません」

「警察は、いったい、何をしているんだ？」

今度は、Rテレビの島崎社長が、怒った口調で、いった。

「今、警察と犯人たちの間で、交渉が続けられていると、僕は、思っています。警察は、何としてでも、人質の皆さん方を助けたい。一方、犯人のほうは、何としてでも、身代金を手に入れたい。それを考えれば、さして遅くない時間に、このハイジャック事件が解決されて、皆さんが、ホッとして、地上に降りられることになると、考えていますから、もう少しご辛抱ください」

副操縦士の三浦が、いった。

4

ジャパン天空株式会社のなかに臨時に設けられた指揮本部では、十津川たちが、大き

な日本地図を、広げて見つめていた。

事態の進展を告げる電話や、ファックスが、次々に、指揮本部に、入ってくる。

七人の人質と、三人の乗務員が乗ったツェッペリンＮＴワンは、突然、飛行コースを変え、現在、東北自動車道に沿って、北東に向かって飛行している。その速度は時速五十キロから六十キロだった。

突然、飛行船の近くに、現れた双発機には、三人の男が乗っているという。その三人は、今回の事件の、犯人の一味らしい。

「ツェッペリンＮＴワンのパイロットたちに、飛行コースを変えるように、指示してきたのは、この双発機に乗った犯人たちのようです」

と、十津川は、三上本部長にいった。

「今まで、テレビ画面に、ツェッペリンＮＴワンの姿が映っていたが、それが、消えてしまった。どうしてなんだ？」

三上本部長が、不満気にいう。

「飛行船の所有者である、ジャパン天空株式会社がヘリを飛ばして、そのヘリから、ハイジャックされた飛行船を、カメラで撮影し、その映像を、テレビ画面に映していたのです。突然現れた、犯人たちの双発機に、追い払われてしまったようです」

と、十津川が、答えた。

「これから、この事件がどう動いていくのか、君には、想像がつくかね？」

三上が、十津川に、きいた。

「犯人たちの、出方次第だと、私は、思っています」

「犯人たちが、人質七人の会社に、身代金を要求したが、一万円札の代わりに、ボストンバッグのなかに古雑誌を入れていた会社が、あって、それに、怒った犯人たちが、これからもしばらく、ハイジャックを続けるといっているんだろう？　いったい、どこの会社が、そんな、馬鹿な真似をしたんだ？」

「まだわかっていませんが、ひょっとすると、犯人が、嘘をいっているのかもしれません」

「それは、前に、私が、指摘したことだよ」

「もしかすると、今までに、要求していた身代金の何倍もの金額を、人質を脅して、手に入れようと、しているのかもしれません。それには、七人の人質のうちの誰かの会社が、要求に逆らった。要求額が増えたのはその会社のせいであることにしてしまいたいのかもしれません」

「マスコミは、どうなんだ？　テレビや新聞が、この事件に、気がついた気配はあるのか？」

「今のところは、まだ、ありませんが、早晩、わかってしまうに違いないと、覚悟しています」

「どうして、そう、思うのかね？」

「今回の事件は、やたらに、派手なハイジャック事件です。日本に一隻しかない、最近よくテレビで取り上げられる、飛行船のハイジャックです。その上、人質になっている七人の乗客の、それぞれの会社に、身代金を要求しています。これで発覚しなければ、おかしいでしょう」

と、十津川は、いった。

5

十津川は、東北自動車道の、各サービスエリアに連絡をし、もし、その上空を、飛行船ツェッペリンNTワンが、通過したら、すぐ報告してくれるように、頼んだ。

三上本部長が心配する、マスコミが事件に気づいた気配は、まだ伝えられてこない。

ただ、世の中には、飛行船マニアという人種がいるらしく、ツェッペリンNTワンを所有するジャパン天空株式会社に、電話をしてきた若い男がいた。

「自分は、昔から、飛行船が好きで、東京駅そばの、マンションに住んでいるので、お宅のツェッペリンNTワンが、東京の遊覧飛行をする日は、楽しみにしています。今日も、ツェッペリンNTワンが、東京上空を、飛行しているのを見て、写真を、撮ったりしていたのですが、なぜか、急に、針路を変更してしまいました。埼玉のお宅の基地に帰るはずなのに、針路が違っていたようです。いったい、どうしたことですか？　新しい飛行コースが、開発されたのですか？　それを教えてください」

と、電話してきたのである。

まさか、ハイジャックされたことを話すわけには、いかないので、電話に出た社長秘書の佐藤が、

「本日の飛行には、乗客は、乗せておりません。新しい飛行ルートを開拓したいと、考えて、今日は飛行しているのです。あなたは、飛行船が、お好きのようですが、これからも、ウチのツェッペリンNTワンを、可愛がってくださるよう、お願いいたします」

と答えて、お茶を濁した。

6

犯人たちは、七社のうちの一社の背信行為を責め、新たに、一社六千万円の身代金を要求して、四時までにその六千万円を、用意するようにと、電話してきた。

一社六千万円は、一社の、背信行為に対する連帯責任だと、犯人は、主張した。

四時になると、犯人から、前と同じ七つの会社に、連絡が入った。

「六千万円の現金を風呂敷に包み、玄関に置いておけ。前と同じように、われわれが、それを、回収する。一社でも、われわれに逆らうような行動に出た場合は、容赦なく、ツェッペリンNTワンに乗っている七人の乗客は、ゴンドラごと爆破させて、皆殺しにする。これは、脅しではない。前の時には、警察が、われわれの回収車、真っ赤な軽自動車を、尾行していたのは、知っていたが、われわれは、それを黙認していた。しかし、今回も、前と同じように、警察が尾行するようなことがあれば、この場合も、容赦なく、ツェッペリンNTワンを爆破する。五分後に、われわれの回収車が、七つの会社を、回るから、抵抗しないことを祈っている。抵抗すれば、やむを得ず、われわれは、ツェッペリンNTワンを爆破せざるを得ない」

今回は、真っ赤な、軽自動車ではなくて、メタリックシルバーの、高級車に乗って、サングラスの男が、回収を始めた。助手席にも、同じようにサングラスをかけた男が、乗っていた。

メタリックシルバーの高級車は、風呂敷に包まれた、六千万円七個を回収すると、今度は、東北自動車道に入って、猛スピードで北に向かった。時速百キロを超えている。

時々、助手席の男が、上を見あげる。

福島の先で、北東に向かって飛ぶツェッペリンNTワンに追いついた。

二人の乗った車は、ツェッペリンNTワンを追い越し、時速百キロで、北に向かって走り、仙台の北にあるサービスエリアに、入っていった。

一方、ツェッペリンNTワンを、監視する形で飛んでいる双発機から、ツェッペリンNTワンのコックピットに、連絡が入った。

「これから与える指示を、間違えずに、実行せよ。もし、間違えたりすれば、ツェッペリンNTワンを、ただちに、爆破する。仙台のサービスエリア上空に、達したら、そこで一時、ホバリング（空中停止）していること。地上から、われわれの仲間が、合図を送るから、その合図を確認したら、高度二十メートルまで降下し、入口のドアを開け、積んでいるロープを、地上にたらすんだ。地上にいるわれわれの、仲間が、網に包んだ品物を、そのロープに結びつける。それを、ゴンドラに乗っている全員で、引き上げて、ゴンドラに積み込め。それが、終わったら、入口の扉を閉め、再び、六百メートルまで、上昇する。もし、この指示にしたがわなかったりすれば、ゴンドラの底に、取りつけたプラスティック爆弾を爆発させる」

「ちょっと待て。五百メートル以下に降下したら、自動的に爆発するんじゃないのか？」

「その自動爆破装置は、今、こちらで、解除したから、二十メートルまで降下しても大丈夫だ」

と、犯人はいってから、

「ひとつだけ、いっておくぞ。しっかりと、頭にたたき込んでおけ。もし、つまらぬことを考えて、そのまま、着陸して逃げようなどとするなよ。飛行船の、どの部分でも、地面に接触したら、取りつけたプラスティック爆弾が、爆発し、全員が死ぬぞ」

ツェッペリンＮＴワンは、仙台のサービスエリアの上空に、達すると、その場に、停止した。

下を見ると、サービスエリアの一角、駐車場のなかに、大きな、日の丸の旗が見えた。どうやら、それが、犯人のいう、合図らしい。

副操縦士の三浦徹が先に立って、ゴンドラのドアを開け、積んであった、ロープをたらした。

犯人の指示にしたがって、機長の、井川隆が、二十メートルまで、高度を下げたが、爆発は起きなかった。おそらく、ここまで、つけてきている双発機から、一時的に、ゴンドラの底につけた、爆破装置を、働かなくしたのだろう。

高度二十メートルから、犯人の指示どおりに、ロープを、地上に向かってたらしていく。ロープの先端が地上に届くと、サングラスをかけた二人の男が、そのロープの先に、大きな、網に入った荷物を結びつけている。かなり重そうに見える。

副操縦士の三浦は、七人の乗客にも協力してもらい、その荷物を、引き上げることにした。

全員で、力を合わせる。

引き上げ、ドアを閉めると、それを近くに飛ぶ双発機のなかから、見ていたらしく、

「作業が終わったら、ただちに上昇せよ」

と、犯人が、命令した。

井川は、ツェッペリンＮＴワンを少しずつ、上昇させていった。

五百メートルを過ぎた時、前と、同じように、機械音と振動が伝わってきた。爆弾と高度計を、連動させるスイッチが、また入ったのだろう。

「馬鹿にしやがって」

井川が、つぶやいたが、今は、どうすることもできない。

ツェッペリンＮＴワンは、東北自動車道に沿って、さらに北に向かって、飛行を、始めた。

ゴンドラのなかでは、網に包まれた、七つの風呂敷包みを、乗客と、アテンダントで、開け始めた。出てきたのは一万円の札束である。

「これって、私たちの、身代金みたいね」

アパレルメーカーの女社長、高見圭子が、苦笑しながら、いった。

「ひとつの風呂敷包みに、六千万円入っているから、七つで、四億二千万円か」

ＩＴ産業の長谷川社長が、いう。

「これで、われわれは、犯人たちと、対等になれましたね」

と、いったのは、Rテレビの、島崎社長だった。

「対等になったというのは、どういう、意味ですか？」

アテンダントの木村由美が、わからないという顔で、島崎にきいた。島崎は、ほかの乗客たちの顔を、見回すようにして、

「今まで、犯人たちは、何かというと、この飛行船を爆破して、お前たちを、殺してやるといって、脅していた。しかし、今は、ここに私たちの身代金四億二千万円がある。もし、飛行船を、爆破したら、私たちも、死んでしまうが、この四億二千万円の身代金だって、犯人たちの手には、入らなくなる。だから、対等に、なったといったんだよ」

と、島崎が、いった。

第三章　パラシュート降下

1

ジャパン天空株式会社の本社内に設けられた、指揮本部は、殺気立っていた。

ツェッペリンＮＴワンのゴンドラのなかには、七人の乗客と、二人のパイロット、そして、女性アテンダントの、合計十人が、依然として、人質になったままである。

それなのに、新たに、四億二千万円の身代金を、奪われてしまったのである。各界の社長や、有名女優など、招待された七人の乗客は、今までは自分が人質になっていることに気づかず、飛行船による遊覧飛行を楽しんでいたのだろうが、誰もが、自分が人質になっていて、会社が、身代金を払ったことを、知ったはずである。

「マスコミが、今回の事件を、嗅ぎつけた気配はあるか？」

三上本部長が、十津川に、きいた。

「今までのところ、新聞、テレビ、などからの、問い合わせは、ありませんから、まだ、気がついていないと思います。しかし、そう時間がかからずに、マスコミは、今回のハイジャックに、気がついてしまうと思います。何しろ、人質が、七人もいるんです。その七人の人質の会社が、身代金として大金を払ってしまっていますから、その会社から、マスコミに情報が漏れることは、たぶん、防ぎようがないと思います」

十津川が、答える。

「今までに、合計いくらの身代金が、犯人側に、支払われたんだ？」

「これは、犯人たちのいいぶんが、正しいとしてですが、まず最初に、三千万円×六で一億八千万円、次に、二回目として、六千万円×七で四億二千万円、合計六億円になります」

「六億円も奪われているのに、まだ容疑者が浮かんでいないのか？　犯人は、何人だと考えているのか？」

「一人だけ、有力な、容疑者が浮かんでいます。犯人たちは、人質が乗った、飛行船ツェッペリンNTワンを、監視するために、アメリカ製の双発機BEバロン58を、二日間、借りています。借りるには、パイロットの免許が、必要です。それで、免許のコピーが、双発機を所有する会社に残っていました。日本遊覧という、銀座三丁目に本社のある会社です。この会社は、双発機二機、単発機二機、そして、ヘリ二機を所有しています。

社長の名前は水島功一、六十二歳。日本遊覧は、飛行機を、調布飛行場に置いています。この会社から、谷川優という五十歳の男が、双発機を借りています。期間は二日間、使用目的は、荷物の搬送となっています。住所は、世田谷区給田なので、今、西本刑事と日下刑事の二人を、そこにいかせています」

その西本刑事から、電話が入った。

電話の声をスピーカーに切り替える。

「今、世田谷区の給田にきています。日下刑事と谷川優の家にいってきましたが、誰もいませんでした」

「誰もいないというのは、どういうことなんだ？　妻子はいるだろう？」

三上本部長が、きいた。

「子供はいません」

「しかし、五十歳だろう？」

「奥さんがいますが、その奥さんも姿を消しています」

「いつから、家を空けているんだ？」

「一週間前からだそうです。日本遊覧で双発機ＢＥバロン58を予約したのが、ちょうど一週間前ですから、その日から、谷川優も、奥さんも姿を消してしまっていることになります」

「問題は、谷川優が、自分から進んで、犯人の仲間に加わっているのか、脅されて、犯人に、したがわされているのかということだ」

十津川は、西本に、いった。

「これから、犯人を逮捕し、人質を、救出するには、どうしたらいいのか、それを、検討してくれ」

三上本部長が、十津川に、いった。

「いちばんの問題は、ツェッペリンNTワンに取りつけられたプラスティック爆弾だと思います」

と、十津川が、いった。

「犯人の言葉を、そのまま信用すると、機体が高度五百メートル以下に降下すると、自動的に、爆発することになっています。ツェッペリンNTワンは、積んでいる燃料がなくなれば、エンジンは止まってしまいますが、犯人から、給油の指示がありました。こちらが、うまく行動しないと、何日間も、人質たちは飛行船のゴンドラに、監禁されたままになってしまいます」

「五百メートルの、脅しだがね、本当に、飛行船が、五百メートル以下に、高度を下げたら、自動的に、爆発するのかね？　単なる脅しじゃないのかね？」

三上が、十津川にきく。

「その判断は、大変難しいですね。乗客七人、それに、乗務員三人の合わせて、十人の命がかかっていますから、冒険は、絶対にできません。五百メートル以下に高度を下げると、取りつけた爆弾が、爆発するものと考えて、慎重に、行動すべきだと、私は思っています」

「そうなると、飛行船を、地上に降ろして、人質を、助け出すというのは、まず、無理ということだな？」

「私は、そう思います。もうひとつ、面倒な存在は、犯人たちの乗った、双発機BEバロン58です。この双発機には、ライフルを持った犯人も、乗っているようで、ツェッペリンNTワンに近づいたら、そのライフルで、ジャパン天空株式会社の雇ったヘリが、追い払われました。この双発機を、何とかして除かないと、人質の救出は、かなり、難しいことになってきます」

十津川が、いった。

「人質の十人を、飛行船から助け出す方法は、ないのかね？　地上に、飛行船を降ろさずにだ」

と、三上が、いった。

「人質を救出する方法がまったくないわけでもありません」

と、十津川が、いった。

「どんな方法かね？」

「飛行船は、高度五百メートル以上を、保って飛ばしておきます。そうしておいて、人質を、パラシュートで、降下させます。そうすれば、爆発はしませんし、人質は、無事に地上に帰ってこられます」

「しかし、ツェッペリンNTワンには、十人分のパラシュートが、積まれているのかね？」

「ジャパン天空株式会社の話ですと、乗務員三人分の、パラシュートは、万が一に備えて、積んでいますが、乗客分のパラシュートは、積んでいないそうです」

「どうしてかね？　万一の時に、必要じゃないかね？」

「飛行船というのは、機体のなかに、ヘリウムガスを、入れているので、エンジンが、停止しても、ゆっくりと、降下することができるのです。パラシュートで飛び出すよりは、そのほうが、安全だというので、ツェッペリンNTワンには、乗務員用のパラシュートしか、積んでいないのだそうです」

「では、どうするんだ？」

「あと、乗客七人分のパラシュートを、何とかしてツェッペリンNTワンの、ゴンドラに送り込みます。ゴンドラは、乗降口のドアが開きますから、ヘリで飛行船に近づき、その乗降口から何とかゴンドラに七人分のパラシュートを送り込むことは、可能だと思っています。問題は、犯人たちの乗っている、双発機です」

「何が、問題なんだ？」

「犯人の一人はライフルを持ち、一度だけですが、脅しのために、発砲しています。ヘリで近づいて、ゴンドラに、七人分のパラシュートを、送り込もうとした場合、そのライフルで撃ってくるに、違いありません。あるいは、飛行船を狙って、撃つかもしれません」

「航空自衛隊に、依頼して、犯人たちの乗った双発機を、排除してしまえば、いいんじゃないのかね？　ここだけの話、ジェット戦闘機を使えば、短距離ミサイルのサイドワインダー一発で、犯人たちの乗った双発機は、木端微塵に、なってしまうだろう？　その後で、ゆっくりと、人質たちをパラシュートで、降下させればいい」

三上本部長が、こともなげに、いった。

「いえ、それは駄目です」

十津川が、断定した。

「どうして、駄目なんだ？　犯人たちの乗った双発機は、今もいったように、サイドワインダー一発で、粉砕できるはずだ」

「その双発機のなかに、三人の男が、乗っていることが、確認できています。しかし、そのほか、地上にも、何人かの、共犯者がいると考えられるのです。本部長が、いわれるように、犯人たちが乗った双発機を自衛隊の戦闘機によって撃墜することは簡単ですが、それが実行されたら、地上にいる共犯者たちが、怒って、ツェッペリンＮＴワンのゴンドラの底に、取りつけたプラスティック爆弾を、爆発させる恐れがあります」

「じゃあ、どうしたらいいのかね？」

三上は、怒りの口調になっている。

「私は、プロに相談してみようかと、思っています」

「プロ――？」

「ツェッペリンＮＴワンは、北東に向かって飛んでいます。地図で見ると、北の青森には、三沢基地があり、ここには、航空自衛隊が駐屯していますから、ここのジェット戦闘機のパイロット、つまりプロにきてもらって、相談したいのです。犯人の双発機を、撃墜せずに無力化できるかを、きいてみたいと思います。それに、ゴンドラに、七人分のパラシュートを送り込むヘリコプターも、三沢の航空自衛隊に頼もうかと思っているのです」

「それは、君が、三沢の航空自衛隊と、相談したまえ」

「わかりました」

「ひとつ確認しておきたいんだが、犯人たちは外にいて、ツェッペリンＮＴワンには乗っていない。ゴンドラには、二名のパイロットと、アテンダント一名、それに、七名の乗客がいるが、このなかに、犯人はいないのだね？」

「そう思っています」

「そうだとすると、双発機の犯人たちは、いざとなれば、平気で、ゴンドラに、ライフルを、撃ち込んでくるんじゃないのかね？」

「その恐れもあることは、ありますが、私は、犯人が、そうした行動には、出ないと、思っているのです」

「どうしてだ？　まさか、君は、犯人たちが、優しい心の持ち主だとでもいうんじゃ、あるまいね？」

「まったく違います。金のためですよ。現在、ツェッペリンNTワンの、ゴンドラには、四億二千万円の身代金も一緒に、積み込まれているんです。もし犯人がツェッペリンNTワンを、狙撃して、墜落させてしまえば、その四億二千万円が、灰になってしまうのです。犯人たちが、そんな馬鹿なことをするはずはありません」

「そうだ！」

突然、三上本部長が、大声を出した。

「どうかされましたか？」

十津川は、ビックリして、三上を見た。

「私はね、今回のハイジャック事件で、どうにも不自然に思えて、仕方がないところがあったんだ。一見、犯人は計画どおりに、動いているように見えながら、どこかおかしい。そう思っていたんだよ。二回目の、身代金四億二千万円、それを、なぜ、犯人たちは、ツェッペリンNTワンのゴンドラにいる人質たちに、引き上げさせたんだろうか？それが、不可解なんだ。現在、四億二千万円はゴンドラのなかにある。そして、そのままツェッペリンNTワンは、北に向かって飛行している。犯人は、四億二千万円をどうするつもりなんだろう？」

「確かに、その点は、私も、不自然な気がしますね」

「普通に考えれば、これは明らかに、犯人たちのミスだよ。四億二千万円という大金が、現在、ツェッペリンNTワンの、ゴンドラのなかにある。犯人たちは、飛行船が、五百メートル以下に高度を下げると、自動的に、ゴンドラの底に仕掛けたプラスティック爆弾が爆発する、といって、脅してきたんだ。その脅しのせいで、一回目は、一社、三千万円の身代金を払い、二回目には、一社、六千万円の身代金を払っている。だが、五百メートル以下に高度が下がって、ゴンドラが、爆発したら、せっかく、積み込んだ四億二千万円の紙幣だって、燃えてしまうんだ。そう考えると、この脅しはもう使えないのではないだろうか？　確かに、ゴンドラの底に取りつけた、プラスティック爆弾が爆発すれば、人質たちは、全員、死んでしまうだろう。だからこそ、脅しに使えたんだ。しかし、一緒に、四億二千万円もの大金が、消えてしまう。それを考えると、犯人だって、めったに脅しをかけられなくなるんじゃ、ないのかね？」

三上が、繰り返した。

そのあと、三上は、

「航空自衛隊の、ジェット戦闘機のパイロットを、ここに呼んだら、双発機を排除するとして、どういう策があるのか、ぜひ、それをきいてみたいと思っている」

と、いった。

「私からも、お願いがあります」

「何だね？」

「ツェッペリンNTワンのパイロットには、たぶん、交代のパイロットがいると、思うのです。そのパイロットを、呼んでもらえませんか？」

と、十津川が、いった。

2

三沢から、航空自衛隊の、F15ジェット戦闘機のパイロットで、飛行隊の隊長でもある、前田武史(たけし)、三十五歳が、捜査本部に飛んできてくれた。

航空自衛隊の、制服でやってきた前田武史に向かって、三上本部長が、さっそく、今回の事件について説明した。

説明し終わると、前田が、

「やっぱり、そんなことが、起きていたんですか。レーダーで、監視していたところ、ツェッペリンNTワンが、奇妙な動きをしていたので、おかしいなとは、思っていたのです。なるほど、ハイジャック事件が、起きていたのですね。それで、私を、呼ばれたのは、どういう理由ですか？」

と、きいた。

捜査本部の壁には、ツェッペリンNTワンの写真と、犯人たちが乗っている、双発機BEバロン58の写真が留めてある。

三上は、その写真を、見ながら、前田に説明した。

「このツェッペリンNTワンは、日本に、一隻しかなくて、ジャパン天空株式会社が所有していますが、この飛行船に本日招待客七人が乗りました。パイロットは、二人、アテンダントは若い女性で、合計十人の人間が、このゴンドラに、乗っていましたが、基地を離陸した直後、ハイジャックされたのです。犯人は、このゴンドラに、乗り込んでいたのではなくて、密（ひそ）かに、このゴンドラの底の部分に、プラスティック爆弾を取りつけ、飛行船が、高度五百メートル以下に、降下すると、自動的に、爆発する仕掛けになっていると、脅してきたのです。それで現在、六百メートルの高度を保って、北東に向かって飛行しているわけです。こちらの、アメリカ製の双発機ＢＥバロン58ですが、犯人たちは、この双発機を操縦して、人質たちの乗った、ツェッペリンＮＴワンを、監視しています。乗員乗客十人が、人質になり、犯人たちは、二回にわたって、乗客七人の身代金を脅し取っています。身代金が、手に入れば、ゴンドラに、取りつけたプラスティック爆弾の、解除方法を教えてもらえると思っていたのですが、いまだに、教えません。このままでは、人質を助けられません。Ｆ15のパイロットで、飛行隊の、隊長でもある前田さんに、おききするのですが、犯人たちが乗った、アメリカ製の双発機、これを、排除するのは、簡単ですか？」

「この双発機には、どんな武器が、積まれているかわかりますか？」

「犯人と思われる男三人が乗っていますが、そのうちの一人が、ライフルを、持っています。今のところ、わかっているのは、それだけです」

「それなら排除するのは、簡単ですね」

「どんな方法で、排除するんですか？」

「私は、今、Ｆ15に乗っていますが、さまざまな武器を積んでいます。問題の双発機を視認したら、サイドワインダーを、一発撃てば、追尾装置つきのミサイルですから、逃げることは、不可能です。一発で間違いなく、撃墜できます」

「簡単ですね」

「ええ。簡単ですよ。しかし、法律上も人道上もそれはできません。こんな話をおききになりたいために、私を呼んだわけではないでしょう？」

前田がきく。

「おっしゃるとおりです」

と、三上が、うなずいた。

「これには、微妙な問題が、からんでいるので、それを、ご相談したいのです」

3

十津川は、その時、別室で、ジャパン天空株式会社の埼玉の基地からきてくれた、ツェッペリンNTワンのパイロット早川保（たもつ）と、広報担当の江口という四十歳の男と会っていた。

「最初に、パイロットの早川さんに、おききしたい」

と、十津川が、いった。

「ハイジャック犯は、ツェッペリンNTワンのゴンドラの底に、プラスティック爆弾を取りつけ、それは、高度計と連動して、設定した高度になると、自動的に爆発することになっていると、脅しているのですが、単なる脅しなのか、それとも、本当なのか、あなたからみて、どうなのか、きかせてもらえませんか」

「これは、まず、本当だと思います」

　早川は、あっさりと、いった。

「その理由は、何ですか？」

「今日、ツェッペリンＮＴワンは、七人の招待客を乗せて、基地を出発しましたが、その時の模様は、写真に撮ってあります。それを見ると、ゴンドラの底には、何かが、取りつけてあるのがわかりました」

　と、早川がいい、広報担当の江口が、引き伸ばした二枚の写真を取り出して、十津川の前に並べた。

　佐藤から、送られてきた写真より、はるかに鮮明だ。

「その二枚を、比べると、よくわかります」

　と、早川が、説明する。

「右の写真は、通常のツェッペリンＮＴワンのもので、ゴンドラの底部には、何もついていません。左の写真は、本日、基地を出発するツェッペリンＮＴワンを撮ったもので、ゴンドラの底部に、灰色の四角い箱様のものがついているのが、はっきりとわかります。昨日までは、もちろん、なかったもので、この一辺が、五、六十センチの箱のなかに、プラスティック爆弾と、高度計が入っているものと思われます」

「よく見ると、この箱に、棒状のアンテナがついていますが、このアンテナは、受信装置ですかね？」

と、十津川が、きいた。

「専門家の意見では、今、十津川さんのいわれたように、受信装置だということです」

「しかし、何のための受信装置なんですかね？」

「これも、専門家の意見ですが、受信装置がついているのには、二つの理由が考えられるそうです。ひとつは、ハイジャックが成功したとき、犯人は、飛行船を、地上に降ろす必要があります。しかし、五百メートル以下の高度に下がると、自動的に爆発してしまいますから、その設定を解除する必要があります。そのための受信装置だということです」

「なるほど」

「もうひとつの理由は、犯人が、自分の好きな時に、ツェッペリンNTワンを爆破したいからだろうということです。高度が五百メートル以下に下がると、自動的に爆発すると、犯人は、脅しているわけですが、五百メートル以上では、爆発しないわけで、それが犯人に不利に働くケースがあります。そこで、犯人としては、高度には関係なく、自分の好きな時に、爆破できるようにしておきたい。そのための受信装置だろうというわけです」

「なるほど。犯人は、用意周到だということですね」

「そうです」

「われわれ警察は、何とかして、人質を救出したいと、考えていますが、犯人の言葉を信じれば、高度五百メートル以下に、機体を下げると自動的に、爆発してしまう。とすると、飛行船を地上に降ろして、人質を救出するわけにはいきません」

「それは、危険です」

と、早川が、いった。

「そうなると、高度を保ったままの救出作業になるのですが、再度、確認したい。今回の遊覧飛行では、乗客用のパラシュートは、積まれていないのですね？」

と、十津川が、きいた。

「これは、皮肉なことに、現代の飛行船、ツェッペリンNTワンが、いかに、安全かという証明になってしまうのです」

と、江口が、苦笑しながらいう。

「機体に詰められているのは、ヘリウムガスで、マッチで点火しても、燃えません。不燃性なので、火災の心配はありません。また、エンジンが故障しても、ヘリウムガスの浮力があるので、墜落しません。安全に、地上に着陸しますから、パラシュートの必要がないのです。ですから、乗客用のパラシュートは、積んでいません」

「乗務員のためのパラシュートは、積んであるんですね？」

「これは、規則上、そうなっているので、パラシュートを使用する事態は、想定していません」

「乗務員は、パラシュート降下の訓練は、受けていますか？」

「私も含めて、パイロットは全員、パラシュート降下の訓練は、受けています」

と、早川は、いった。

「パラシュート操作を知らない人間に、短時間で、教えられますか？」

「そうですね。まあ、何とかなると思いますね」

と、早川が、いった。

4

十津川は、この結果を胸に、三上本部長と、前田飛行隊長の話に加わった。

十津川が、まず、前田に話したのは、二点。

第一は、犯人は、好きな時に、ツェッペリンＮＴワンを爆破できること。

第二は、飛行船の高度を保ちながら、パラシュートを使って、脱出させるためには、乗客七人分のパラシュートが、必要だということである。

とたんに、今まで明るかった前田が、難しい顔をした。

「確認したい」

と、前田が、いった。

「双発機に、乗っている三人の犯人の他に、共犯がいるんですか？」

「ほかに、複数の共犯者がいるとみています」

「その共犯者は、どこにいるんですか？」

「たぶん、車で、飛行船を追っているはずです」

と、十津川が、いった。

「そうなると、難しいな。さっき、三上本部長は、私に、犯人の乗っている双発機を排除してくれといった。これは、なんとかなると思います。しかし、共犯者がいると、その共犯者が、飛行船を爆破する恐れがありますね」

「その恐れは、充分にあります」

「そうなると、ただ単に、双発機を排除するだけでは駄目だから、考え直す必要がありますね」

と、前田はいってから、

「七人分のパラシュートは、どこで用意するつもりですか？」

と、きいた。

「それで困っています。七人分のパラシュートなので、簡単には、用意できません」

三上がいうと、前田は、

「それなら、三沢基地で用意しましょう」

「ありがとうございます」

「ところで、どうやって、七人分のパラシュートを、飛行船のゴンドラに、送り込むつもりですか？」

前田が、きく。

「その件も、あなたに相談したいと思っていたんです」

と、十津川は、つづけた。

「飛行船の高度は、下げるわけにはいきませんから、現在の六百メートルの高度を保ったままの作業になります。私が考えたのは、ヘリを使い、飛行船と同じ高度、同じスピードで、並行して飛びながら、ゴンドラに、七人分のパラシュートを、送り込む方法ですが、専門家の眼からみて、成功の可能性は、ありますか？」

「条件が整っていれば、成功の可能性は、ありますよ」

と、前田が、いう。

「どんな条件ですか？」

「第一は、邪魔が入らずに、作業がおこなえることです」

「そうなると、やはり、犯人の乗った双発機が、邪魔になるな」

三上がいうと、前田は笑って、

「しかし、地上に共犯がいて、排除は駄目なんでしょう？」

「そうですね」

三上が、溜息をつく。

「追い払うだけなら、双発機の鼻先に向けて、機銃掃射を、二、三回やれば、びっくりして、逃げ出しますがね」

「それで、どうだ？」

三上が、十津川に、きく。

「逃げながら、犯人が、飛行船を爆破する恐れがあります」

十津川が、冷静な口調で、いった。

「追い払うのも駄目となると、難しいな」

「何か、方法はあると思うので、考えましょう。パラシュートの件ですが、前田さんは、どんな方法があると、思われますか？」

十津川が、前田にきいた。

「ゴンドラには、犯人は、乗っていないわけですね？」

「乗客七人、ジャパン天空株式会社のパイロット二人と、あとは、アテンダントの女性一人ですから、犯人は、乗っていません」

「それなら、ゴンドラ内の人たちの協力は、得られますね？」

「大丈夫のはずです」

「とすると、意外に、簡単かもしれない。ヘリを、飛行船と並行して飛ばしておいて、ゴンドラのドアを開ける。ヘリのほうから、グラップリングフックをクロスボウで、ゴンドラ内に撃ち込む。とにかく、ヘリと、ゴンドラを、ロープでつなぎ、そのロープに通す形で、七個のパラシュートを、ヘリから、ゴンドラに移せばいい。うまくいけば、五、六分で、完了します」

「そのためには、ヘリのパイロットも、熟練している人が、必要ですね」

「そのパイロットも、私が手配しますよ。三沢には、腕のいいヘリのパイロットが、いますから」

と、前田が、いってくれた。

5

三沢基地の飛行隊長、前田や、ジャパン天空株式会社のパイロット早川たちと話して、十津川は、パラシュートの件は解決の見通しが立ったと思った。

ヘリを使えば、七人分のパラシュートを、飛行船のゴンドラに、送り込むのは、それほど難しいことではない。そのパラシュートと、ヘリと、ヘリのパイロットは、三沢基地の航空自衛隊が、用意してくれることになった。

問題は、飛行船を監視する形で飛んでいる、三人の犯人が乗っている双発機ＢＥバロン58の存在である。

今のままでは、ゴンドラに、七人分のパラシュートを送り込むことはできない。と、いって、双発機ＢＥバロン58を、前田に頼んで、追い払っても、ツェッペリンＮＴワンが、爆破される危険がある。

（どうしたら、いいのか？）

その答えが、見つからないのだ。

こうしている間も、人質を乗せたツェッペリンＮＴワンは、犯人の指示どおりに、時速五十キロ、高度六百メートルを保って、北に向かって、飛行している。

前田は、ヘリと、七人分のパラシュートの手配をするといって、三沢基地に、帰っていった。

捜査本部では、今後の方針を決めるために、捜査会議が開かれた。

犯人たちの双発機を、どうするかについては、結論を後回しにした。

まず、一番の問題は、犯人たちが、何を考えているかということだった。

犯人は、二回にわたって、身代金を要求し、一回目に一億八千万円、二回目に四億二千万円、合計六億円を手に入れた。

犯人は、身代金が、手に入ったら、人質を解放すると、約束したはずである。

しかし、二度にわたって身代金が、支払われたあとも、人質を解放するという電話は、かかってこないのである。

「もうひとつの問題は、犯人たちが、いったい、どこまで、ツェッペリンＮＴワンを、飛行させるつもりなのかと、いうことだ」

と、三上本部長が、いった。

「犯人たちは最初、ツェッペリンＮＴワンを、いつもの遊覧コースの高度で、飛行させろと、命令してきた。しかし、今は、東北自動車道に沿って、北へ向かって飛べと、指示している。犯人は、最初から、日本列島を北に向かって、飛行船を飛ばすつもりだったのか、それとも、途中から、考えが変わったのか、どちらだろうか？」

三上の質問に、十津川が、自分の考えをいった。

「北へ向かうことは、最初から、彼らの計画にあったのだと思います。これは私の想像ですが、北のどこかに、犯人たちの、隠れ家があるのでは、ないでしょうか？　そこまで、ツェッペリンＮＴワンで、四億二千万円の身代金を運ばせ、その後で、人質を、解放するのではないかと、私は、考えています」

「しかし、いまだに、犯人は、人質の解放を伝えてきていないんだ。身代金を受け取ったのならば、必ず解放すると、約束していたはずだ。それなのに、なぜ、今になっても、連絡してこないのだろう？」

三上が、不満げに、いった。

「犯人たちは、たぶん、北の隠れ家に集まり、身代金合計六億円を手に入れ、自分たちの安全が、確保された時点で、人質を解放するつもりだと思うのです。それまでは、人質を、解放しない。そう決めているとしか、思えません」

「犯人は、人質を、最大限に、利用するつもりなのか？」

「そうだと、思います。今申しあげたように、犯人たちは、自分たちの安全が、確保され、六億円の身代金が、自分たちの手に入った時、人質を解放するつもりなのではないでしょうか？　その前に人質を解放してしまうと、一方的に、警察から攻め込まれると思って、用心しているのではないかと思うのです」

「今後、どうしたらいいと、思うか、君の考えをききたい」

三上本部長が、十津川に、いった。

「犯人と対決する方法は、二つあると、思うのです。ひとつは、じっと犯人からの連絡を待つことです。犯人は、いろいろと、人質を利用しようとしていますが、いくら凶悪な犯人でも、人質を、いつまでも、自分たちの手のなかに、囲っておくことは、不可能です。いつかは、人質を解放しなければなりません。たぶん、犯人たちは、北のどこかにある、隠れ家に入り、自分たちの安全が、確保され、六億円の身代金が、手に入った時点で、人質を、解放すると思うのです。人質の安全が、確認されれば、われわれは、犯人たちの隠れ家があると思われる地点を徹底的に捜査し、犯人たちを見つけ出します」

「第二の方法は？」

「覚悟を決めて、自分たちの手で、パラシュートを送り込む方法です。飛行船のゴンドラから十人をパラシュート降下によって、助け出すのです。この方法ならば、飛行船が高度五百メートルより上にいても、人質は、脱出できます。人質が全員、パラシュート降下によって、飛行船から逃げることができた時点で、全力をあげて、犯人逮捕に向かいます。その場合、航空自衛隊に要請して、犯人三人が乗っている双発機をなんらかの方法で排除してもらわなければなりませんが、犯人にはほかに、地上に、何人かの共犯者がいると、思われます。この共犯者は、ツェッペリンNTワンが、時速五十キロで、北に向かうのを、車で、追っています。彼らは北の隠れ家で一緒になると思われるので、どちらの方法を取るにしても、われわれは今から、東北自動車道を北に向かう必要があります」

6

十津川は、すぐ、二台のパトカーに、東北自動車道を北に向かえと、指示を出した。

二台のパトカーは、サイレンを鳴らし、時速百三十キロから、百五十キロで、ハイウェイを北に向かって、疾走した。

先頭のパトカーには、西本と日下の二人が乗り、二台目には、三田村と、北条早苗の二人が乗った。

すでに日が暮れかけている。

高度六百メートルで飛ぶツェッペリンNTワンの、ゴンドラには、灯りがついている。

そのため、地上からでもツェッペリンNTワンを、確認することが可能だった。

仙台の北にある、サービスエリアの上空で、ツェッペリンNTワンが、明るい灯火を見せながら、北に向かっていくのが確認されたという報告が、十津川の耳に入ってきた。

しかし、依然として、犯人たちからの、連絡はない。

「ここまでくると、覚悟を決めざるを得ないな」

三上本部長が、いった。

「パラシュートを使った、人質十人の救出作戦だ。ヘリを使った、飛行船のゴンドラへの七個のパラシュートの送り込みだが、現在、航空自衛隊に要請して、シミュレーションをしてもらっている。そのシミュレーションの結果が届いたら、われわれも、すぐ東北に向かう」

夜半を過ぎて、航空自衛隊から、コンピュータを使った、シミュレーションの結果が届いた。

そのシミュレーションによれば、捜査会議で、立てた計画、七個のパラシュートを、ヘリを使って、ツェッペリンNTワンのゴンドラに、移送する計画の成功率は、三十五パーセントと書かれてあった。

7

三十五パーセントの成功率が、高いかどうかということが、まず検討された。六十五パーセントが、失敗という確率だったからである。

成功率三十五パーセントでも、実行するかどうかを、まず、決めなければならない。

そして、成功率三十五パーセントでも、実行する価値があると、捜査本部は、判断した。

理由のひとつは、犯人たちが、人質の十人を、返さないつもりなのではないか？　という疑いが、出てきたことである。

最初、犯人は、乗客一人当たり三千万円の身代金を要求した。それが手に入ったら、人質は返してくれると思った。あるいは、飛行船に取りつけた、爆破装置の解除方法を、教えると思ったが、七人のうちの一人の会社が、三千万円の代わりに、古雑誌を入れておいたことに、腹を立て、追加の身代金を支払わなければ人質は返さないという。このこと自体、嘘ではないかと、十津川も三上本部長も感じ始めていたのである。

とすれば、今後も、人質は返さず、さらにまた、新たな、身代金を要求してくるのではないか？　結果的には、人質は、返さないまま、殺害してしまうのではないか？

したがって、成功率三十五パーセントでも、やらなければならない。そういう空気が、大きくなっていった。

「そのほか、もうひとつ、この計画の、難しさがある」

三上が、いった。

「わかっています。犯人たちが乗っている双発機の存在でしょう？」

と、十津川が、いう。

「そのとおりだ。計画は、夜が明け次第、実行に移すが、その時に、犯人たちの、双発機がどこにいるのかが、問題になる。もし、飛行船の近くを飛んでいれば、ヘリを使ってのパラシュートの、ゴンドラへの移送は、まず不可能だ。どうしたら、双発機を追い払えるだろう？」

「いちばん簡単なのは、航空自衛隊に頼んで撃墜してしまうことですが、これは、駄目だとわかりました。追い払うのもです」

「どうすれば、いい？」

「三人の犯人が、乗った双発機は、夜は、どうしているんでしょうか？　それを知りたいのです。夜の間もずっと飛び続けていれば、燃料がなくなってしまうでしょう」

「今入った情報では、仙台近くを飛んでいるツェッペリンNTワンが、現在は、ほとんど、上空で停止しているらしい」

三上が、いった。

「双発機は、夜は、どこかに、着陸しているんだと思いますね」

と、十津川が、いった。

十津川たちは、主な国内の飛行場に、問い合わせてみたが、該当するような双発機、アメリカ製の、BEバロン58が、着陸している気配は、なかった。どうやら、小さな、農道空港のようなところに、降りたらしい。

十津川は、三沢基地に帰った航空自衛隊の前田武史と、テレビ電話を使って、こちらの計画を、伝えることにした。

「成功率三十五パーセントとありましたが、計画どおり、ヘリを使って、飛行船のゴンドラに、七個のパラシュートを送り込むつもりでいます」

　十津川が、伝えると、前田は、

「実行は、明日の何時頃に、するつもりですか？」

「夜明けとともにと、決めています」

「それでは、ヘリに、七個のパラシュートを積み込んでおきますよ。三沢基地では、いちばん、新しいヘリだし、パイロットも優秀な人間です。ほかに何か、心配なことは、ありますか？」

　前田がきく。

「前田さんにも話しましたが、やはり、犯人たちが、ツェッペリンNTワンの監視のために、飛ばしている双発機のことです。どうやら、夜は、東北のどこかの飛行場に、着陸している様子で、飛行船もただ、浮かんでいるだけです。当然、夜が明けると、双発機が、飛行船の周囲を、旋回するとみなければいけません。双発機をどうにかしないと、ヘリを使ってのパラシュートのゴンドラへの送り込みが、難しくなると思います」

「そちらで、話し合ったときは、その双発機を、撃墜するのも、機銃掃射によって、追い払うのも、駄目ということでしたが、この結論は、変わっていませんか？」

「変わりません。双発機の犯人たちには、共犯者がいるので、下手に怒らせたり、警戒させると、飛行船爆破のスイッチを入れられる恐れがありますから」

「しかし、双発機をどうにかしないと、ヘリを使ってのパラシュートの送り込みは、不可能じゃありませんか？」

「それで、困っています。何とか、犯人を怒らせずに、双発機を、追い払えませんか？」

十津川は、無理を承知でいった。

画面の前田は、少しの間、考え込んでいたが、

「現在、ツェッペリンNTワンは、東北地方のどこにいるかわかりますか？」

「仙台の、北三十キロの地点で、ほとんど、停止しています」

「夜明けとともに、さらに北に向かって、飛行すると、思われますか？」

と、前田がきく。

「おそらく、そうなると、思いますが、用心深く、監視の双発機が、近くにきてから、飛行船のほうも、移動すると、思われます。ただ、東京から離れてしまったので、これからは、正確な位置の確認は、難しくなると思われます」

「それなら、三沢基地にあるレーダーで、どこにいるのかを調べましょう。正確な位置さえわかれば、何とかなります」

「本当ですか？」

「少しばかり、乱暴かもしれませんが、双発機を追い払う方法を、今、考えつきました」

前田が、画面のなかで、ニッコリした。

前田が、どんな方法を、考えたのか、十津川には、わからなかった。

十津川は、東北地方の地図を持ち出した。

三沢基地は、青森県の太平洋側にある。

一方、ツェッペリンＮＴワンは、東北自動車道の、仙台に近いサービスエリアで、四億二千万円の身代金を、ゴンドラに引き上げた後、三十キロ北に向かって飛び、現在、ほとんどホバリング状態にある。

十津川は、三沢基地の、航空自衛隊の前田武史との、テレビ電話の結果を、三上本部長に報告した。

「夜が明けて、飛行船と、監視の双発機が、さらに北に飛べば、三沢基地のレーダーが、とらえてくれると、いっていました。位置さえわかれば、双発機を追い払ってやる。そういってくれました」

「しかし、むやみやたらに、ロケット弾や機銃を使って、追い払うのでは困るんだよ。犯人たちは、それを、自分たちへの攻撃と考えて、ツェッペリンＮＴワンを、爆破してしまうかもしれないからな」

「大丈夫です。そのことは、前田さんにも、よく説明してあります」

「それでも、前田さんは、双発機を追い払うといっているのか？」

「ええ、そう、いってくれています」

「しかし、どうやるんだ？　攻撃をすれば、犯人は、反発をして、飛行船に取りつけたプラスティック爆弾を、爆破させてしまう。といって、攻撃しないで、追い払えるのかね？」

「私にも、前田さんの考えは、わかりません。しかし、テレビ電話で、彼の顔を見ていると、やってくれそうな、気がしてくるのです」

十津川は、ニッコリした前田の顔を思い出していた。

第四章　訓練空域

1

夜が明けていく。

宮城県内にある農道空港。大きな期待をかけられて、造られたのだが、ほとんど、利用されず、ところどころに、雑草が生えている。

その農道空港の端に、問題の双発機、アメリカ製の、BEバロン58が駐められていた。

乗っているのは三人。この双発機は、六人乗りなので、残り三人の、体重に見合った航空燃料を、容器に詰めて、機体の後部に積んである。

三人は、サンドイッチと牛乳で朝食をすませた。その後、容器に入れてある航空燃料を燃料タンクに入れる作業に、取りかかった。

ほかの共犯者たちは、東北自動車道の仙台から、三十キロ北のパーキングエリアの駐車場に駐めた、車のなかにいた。

　車は、アメリカ製のキャンピングカーで、車のなかにはベッド三台、シャワー室、トイレ、それに、小さなキッチンも、ついている。

　こちらの三人は、昨夜、この車のなかで熟睡した。三人がカレーライスで、朝食を取っていると、宮城県内の、農道空港にいる共犯者から、電話が入った。

「今、何をしている？」

「朝食を、取っているところだ」

「ツェッペリンNTワンは、そちらから、見えるところにいるか？」

「視界のなかに、入っているが、ほとんど、動いていない」

「そうか。こちらは、午前六時になったら、ここを飛び立つことにしている。われわれが、ツェッペリンNTワンを視界にとらえたら、向こうへも、今までどおり、北に向かって飛べと、指示を出す。それまで、地上から、飛行船を監視して、何か異変があったら、すぐ、知らせてくれ。これからが、大事だからな」

「ずいぶん、用心深いじゃないか？」

「昨日のことだ。ツェッペリンNTワンが、ハイジャックされたらしいという噂が、流れてしまった。それに、警察は、二回も、われわれに身代金を奪われて、面子を失ってしまった。だから今後、どんな方法で、われわれを、逮捕しようとするか、わからない。

汚い手だって、使ってくるだろう。こちらも、用心が肝心だ。あの飛行船を監視する形で、飛行機を飛ばす必要も出てきた。午前六時になったら離陸する。それまで、飛行船の監視をサボるなよ」

2

風がほとんどないので、ツェッペリンNTワンは、高度六百メートル上空に、浮かんだまま、ほとんど動かない。流線形なので、ゆれも少ない。

だが、ゴンドラのなかにいる七人の招待客は、ほとんど、眠ることができなかったらしく、朝を迎えても、赤い目をした者が、多かった。

男性のなかで、いちばん若い三十五歳の、IT産業の社長、長谷川浩二は、さすがに元気で、アテンダントの、木村由美に向かって、

「腹が減った。何か、食べるものは、ないのか？」

と声をかけた。

「ご招待した皆さんのために、当社が、ご用意いたしましたものは、ワインとシャンパンと、お酒のつまみになるようなソーセージとか、ハムぐらいしかありませんが」

「何でもいいから出してくれ。腹が減って仕方がない」

副操縦士の三浦と、アテンダントの木村由美が、七人の招待客に、ワインとシャンパン、それから、ソーセージやハムを、出すことになった。

他の客も、空腹だったらしく、ワインを、飲んだり、ソーセージを、食べたりしている。エース広告社長の松岡明が、

「この飛行船は、昨日から、ほとんど動いていないようだが、ひょっとすると、エンジンを止めて、いるのか？」

副操縦士の三浦が、

「犯人からの命令で、停止しています。飛行船ですから、墜落することは、絶対にありませんので、どうか、ご安心ください」

といった。

「犯人は、われわれを、どうするつもりなのかね？」

総合商社社長の寺脇幸平が、三浦にきく。

「わかりませんが、身代金を、手に入れれば、人質は、解放するといっていますから、ほどなく、解放の指示が、犯人からくると、思っています」

「しかし、その連絡は、まだきていないんだろう？」

Rテレビ社長の島崎幸彦が、疲れたのか、少しばかり、かすれた声できいた。

「残念ながら、まだ、きていませんが、犯人にしてみれば、身代金さえ手に入れれば、目

的は達成したわけですから」

三浦は、七人の招待客を、勇気づけるようにいった。

「今までは、時速五十キロぐらいのスピードで、北に向かって、飛んでいたのに、どうして、犯人は、停止させたのかね？」

建設会社社長の遠山和久が、きいた。ハイジャックされたと気づいたとたん、何もかも、気になってくるのだ。

「それは、わかりませんが、夜の飛行は事故に繋がると思って、停止させたのではないかと、思っています」

「それで、われわれの、行き先は、決まっているのかね？」

「それは、わかりません」

「例の飛行機が、現れたわ」

アパレルメーカーの女社長、高見圭子が、窓の外を、指さした。

視界のなかに、双発機が、姿を現した。

同時に、犯人からの、指示が届いた。

「昨日と同じく、時速五十キロから六十キロで、北に向かえ」

機長の井川隆は、指示にしたがった。

飛行船が、ゆっくりと、スピードを上げていく。

3

午前六時。東北自動車道のパーキングエリアに駐まっていた、アメリカ製のキャンピングカーも、飛行船が、動き出すのに合わせて、エンジンをかけ、北に向かって、走り出した。

4

同時刻。三沢基地では、Ｆ15のパイロットたちを集めて、隊長の前田武史が、

「本日は、いつものとおり、二機編隊での飛行訓練をおこなう。私と斎藤、森と木暮だ。本日は、東北地方の内陸部での、飛行訓練とする。いつもの海上での訓練と違って、山があり、谷もあるから、注意して、飛ぶように。コンピュータを使って、飛行訓練にふさわしいルートを調べているが、飛行船が、現在、仙台の北五十キロを、北に向かって飛んでいる。ツェッペリンＮＴワンで、速度は、時速五十キロから六十キロ。これが、そのツェッペリンＮＴワンの写真だ」

前田は、写真を、黒板にピンで留めて、

「この飛行船は、全長七十五・一メートル、全幅十九・七メートル、全高十七・五メートル、ジャンボジェット機よりも五メートル長い。機体の下に、取りつけられたゴンドラのなかには、パイロット二名と乗客七名、アテンダント一名が乗っている。この飛行船は、高度六百メートルを飛んでいるので、訓練に、問題はないが、レーダーに映っている双発機が、飛行訓練の邪魔になるかもしれない。この飛行機だ」

前田は、今度は、双発機の写真を、黒板に留めた。

「これは、アメリカ製の双発機で、機種はＢＥバロン58だ。最大巡航速度は、時速三百七十六キロ。現在、二百キロぐらいで飛行している。全長九・〇九メートル、全幅十一・五三メートル、全高二・九七メートル。この双発機は、高度を上下させたり、旋回を繰り返しながら、われわれの、訓練空域に入っている。すぐ、立ち去るように警告したが、それに応じる気配はない」

「それでは、訓練空域を、変更しますか？」

と、木暮が、きいた。

「馬鹿なことを、いっちゃいかん。この双発機が、勝手に、われわれの訓練空域に入ってきたんだ。それなのに、こちらが訓練空域を変えてどうするんだ？　だから、追い払う」

と、いい、そのあと、前田はニヤッと笑い、

「どうやって、追い払ったらいいか、君たちの考えをききたい」

「その双発機に向かって、機銃掃射をしたら、ビックリして、逃げるのではありませんか？」

　と、森が、いった。

「機銃掃射をすれば、驚いて、逃げるだろうが、それが命中してしまったら、問題になるぞ」

「機銃掃射が駄目なら、サイドワインダーは、なおさら駄目でしょうね？」

「もちろん、駄目だ。命中してしまったら、こんな双発機は、簡単に、木端微塵になってしまう」

「じゃあ、どうしますか？」

「この双発機の重量は、燃料や人員なども含めて約二五〇〇キロ。二・五トンだ」

　と、前田が、いうと、木暮が、

「ずいぶん、軽いんですね。ロールスロイスだって、二トンはありますよ」

　と、いった。

　隊員のなかから、笑い声が生じた。

　前田は、

「われわれは、サイドワインダーを使わず、機銃掃射もしない。しかし、こちらの訓練空域を飛んでいることを警告し、どうしても立ち去らなければ、われわれのスピードで、その二・五トンの機体を吹き飛ばす」

その時、基地のレーダー係から、報告が入った。

「飛行船ツェッペリンNTワンと双発機BEバロン58は、現在、東北自動車道の一関上空を通過中。ツェッペリンNTワンの高度は六百メートル。双発機は、高度千二百メートル」

前田隊長は、腕時計に目をやった。

「これから、二機編隊で離陸。飛行ルートは、まず、西に向かって飛び、東北自動車道にぶつかったら、その地点から、南下する。目標の双発機は、東北自動車道の上空、前沢付近を飛行中だ。双発機が視界に入ったら、まず私が、相手の上空をマッハ1で通過する。すべて、私に倣え」

「そんなことをして、大丈夫ですか？　マッハ1で双発機の上空を飛んだら、双発機は風圧で、吹き飛んでしまいますよ」

と、パイロットの一人がいう。

前田は、ニヤッと笑って、

「それが、今日の訓練のひとつだ」

基地の端では、七個の、パラシュートと、救助用のグラップリングフックとクロスボウを積み込み、ベテランの、松井パイロットと助手が乗り込んで、離陸したところだった。

前田隊長以下、四人の、パイロットが、それぞれのＦ15に乗り込んだ。

まず、隊長の前田と斎藤の二機のＦ15が、轟音を響かせて、離陸していく。

それから一分おいて、二機のＦ15が、飛び立った。

5

三人の乗った双発機のＢＥバロン58は、高度六百メートルを維持して飛んでいる飛行船の、さらに、六百メートル上、飛行船の右後方、高度千二百メートルのところを、スピードを絞って飛んでいた。

それでも、飛行船よりも、先にいってしまうので、ゆっくり旋回して、再び、飛行船の上空後方に、くるようにしていた。

「まだ、テレビ局や新聞社のヘリは、飛んでいないな」

犯人の一人が、いった。

「おそらく、警察が情報を抑えているんだろう。何しろ、向こうの飛行船には、日本を代表するようなお偉方や有名人が七人も乗っているんだからな。もし、ハイジャックが公になれば、日本中が大騒ぎになる。だから、警察が箝口令を敷いているんだろう」

「これから、あの飛行船を、どこまで飛ばすんだ？」

三人のなかでは、いちばん若い男が、きいた。

「それは、リーダーだけが、知っている」

「俺もリーダーを信用しているが、二つ心配がある」

「どんな心配だ？」

「ひとつは、身代金として手に入れた、六億円のことだ。リーダーは、この計画を立てた時に、手に入れた金は、平等にわけるといったが、その約束は、きちんと、守られるんだろうな？」

「大丈夫だよ。リーダーを信用しろ。もうひとつは？」

「向こうの飛行船に、閉じ込められている人質の七人とパイロット二人、それに、アテンダント一人の、合計十人のことだ。あの十人を、どうするつもりなんだ？　銃で撃って飛行船を墜落させることはできるだろうが、爆発でもしたら、十人と一緒に四億二千万円も灰になってしまう。それが、心配なんだ」

「大丈夫だよ。その点は、リーダーに抜かりはない」

「どんなふうにだ？　俺には、四億二千万円の身代金を、どうして、飛行船のゴンドラに運び入れたのかが、わからないんだ。それが、この飛行機のなかとか、地上を走っている車に積んであるのなら、わかるんだが」

「ひとつ、安心させてやろうか？」

「ああ、安心させてくれ」

「飛行船のゴンドラのなかには、十人の人間が、乗っているが、人質ではない人間も、いるんだ」

「人質ではない人間？」

「ああ、そうだ。だから、向こうのゴンドラに、四億二千万円が、積んであっても安心なんだ」

その頃、前田の操縦するＦ15は、西に向かって、時速六百キロのスピードで飛び、東北自動車道にぶつかったところで、南に向きを変えた。二番機が、すぐ後方につける。後続の二機も、編隊を崩さずに、飛んでいる。

前田は、三沢基地に連絡を取った。

「依然として、飛行船と双発機は、北に向かって、飛んでいるか？」

「レーダーによれば、飛行船は高度六百メートルで飛行、双発機のほうは、その上空六百メートル、高度千二百メートルのところを飛行中」

「警告を発したか？」

「もちろん、繰り返して警告している。現在の飛行ルートは、航空自衛隊の訓練空域に入っている。ＢＥバロン58は、ただちに引き返せと、二度警告した。しかし、引き返す気配はない」

「パラシュートを積んだヘリは、どうしている？」

「ヘリは、時速二百五十キロで、南西に向かって、飛行しているから、このままでいけば、あと二十分で、飛行船と出合うはずだ」

「あと二十分だな？」

「計算上では、そうなっている」

「了解」

6

双発機の機内では、犯人の一人が、

「また、三沢の基地から、警告がきている」

と、いった。

「北上中の双発機に告ぐ。君たちの飛行機は、三沢にある、航空自衛隊の訓練空域に入っている。今からすぐ、引き返せ。そういっているんだ」

「三沢の航空自衛隊の訓練空域というのは、海上じゃなかったかな？　陸上だと、事故が起こるかもしれないから、海上で、訓練をしている。そんな話を、新聞で読んだことがある」

「たぶん、変わったんだろう。発信しているのは間違いなく、三沢の航空自衛隊の基地だ。このまま飛行しても大丈夫なのか？」

「まさか、訓練の邪魔になるからといって、撃ち落としたりは、しないだろう。それに、こっちが飛んでいるのは、高度千二百メートルだ。航空自衛隊のＦ15は、もっと高い高度で、訓練飛行をしているんじゃないのか？」

「テレビで見たことが、あるんだが、日本は、山や谷が多いから、そういう地形のところを、飛ぶ訓練も、するそうだ。その時には、低空で、訓練するそうだから、千二百メートルでも、危ないぞ」

7

飛行隊長の前田が、続いてくる僚機に伝えた。

「レーダーで確認。五十キロ前方に、二つの飛行物体を確認。飛行船と、例の双発機と思われる」

「私も確認しました。二つの飛行物体は、六百メートルの高度差を保っています。高度千二百メートルを飛んでいるのは、双発機だろうと思われます」

「もう一度確認する。二つの高度差は？」

「六百メートルです」

「水平間隔は？」

「約百メートル」

「それなら大丈夫だな？」

「大丈夫です」

「肉眼で、確認。今から突っ込むぞ」

前田は、高度五千メートルから、マッハ1で、双発機に向かって、突っ込んでいった。

8

突然、三人の乗った双発機が、突風にあおられた感じで、機体が振動し、大きく二百メートルほど下に向かって叩(たた)きつけられた。

「ワー」

と、一人が叫ぶ。

「何なんだ？」

と、もう一人が叫ぶ。

操縦桿を握っていた谷川優が、必死になって、機体を立て直そうとする。

かろうじて、機体を立て直したと思った瞬間、次の衝撃が双発機を襲った。まるで、強烈な台風に、ぶつかったとでも、いったらいいのか、近くで爆弾が破裂し、二・五トンの機体が、弾き飛ばされたといったらいいのか。

今度は、悲鳴をあげる余裕さえなかった。

爆発音は、後ろから、きこえた。

双発機は、きりもみ状態になって、地面に向かって落ちていく。谷川が、必死になって、操縦桿に、しがみつく。

地上わずか、二、三百メートルのところで、やっと機首が持ち上がった。

谷川は必死で、水平状態を、保ちながら、

「いったい、何があったんだ？」

と、大声で、いった。

「F15が二機、頭上すれすれに飛び去っていったんだ。その風圧で、二度とも、飛ばされた」

「航空自衛隊は、どうして、そんな危険なことを、するんだ？」

「だから、三回も、警告されたんだよ。こっちは、知らないうちに、三沢を基地とする、航空自衛隊の訓練空域に、入ってしまっていた。だから、猛スピードで、すれすれに、飛んでいったんだ」

「飛行船は？」

「わからない。いつの間にか、視界から、消えてしまった」

「高度を上げて探そう。上昇するぞ」

谷川がいい、双発機は、やっと、上昇に移っていった。

双発機が、高度千メートルまで戻った時、また警告が入った。

「高度千メートルを、飛んでいるＢＥバロン58に警告する。そのルートは、三沢の航空自衛隊の訓練空域に、入っている。ただちに、引き返せ」

「さっきの、ジェット戦闘機は？」

「どこにも、見えない」

「飛行船は？」

「そっちも見えない」

「このまま、北に向かって飛んで、大丈夫かな？　ルートを、変えたほうがいいんじゃないのか？」

「リーダーからは、このまま、東北自動車道に沿って、北に向かって、飛べといわれているんだ。飛行船にも、同じような、指示をしているはずだ」

「だが、警告は、警告だぞ」

「まさか、さっきの、ジェット戦闘機が、引き返してくるとは、思えないが」

と、いった時、三度目の衝撃が、二・五トンの双発機を襲った。

前よりも、衝撃が大きかった。機体が、クルクルと回りながら、落下する。

谷川が、

「ちくしょう！」

と、叫びながら、操縦桿に、しがみついている。

ほかの二人は、死を覚悟して、目をつぶった。

高度千メートルから、再び、きりもみ状態で、高度二、三百メートルまで落下する。

かろうじて、また、機首を立て直したが、ほかの二人が、蒼い顔で、

「またくるぞ。飛行船を探すのを諦めて、いったん、南へ引き返したほうがいい」

「今度やってきたら、その時は、間違いなく、地上に、叩きつけられるぞ」

「しかし、リーダーは、飛行船から、離れるなといっている」

谷川が、大声でいうのだが、その声がふるえている。

「わかっているが、死んだら、何もかも、お終いだぞ」

ほかの犯人が、叫ぶ。

谷川は、迷った挙句、高度を上げながら、機首を、左旋回させた。

再び、三沢基地からの、警告が届いた。

「双発機に告ぐ。いったん、南に引き返したら、もう二度と、戻ってくるな。そのまま、南下すれば、こちらの、訓練空域の外に出る。そうすれば、われわれは、何もしない」

9

三沢基地を飛び立った、航空自衛隊の最新鋭のヘリが、時速五十キロで、北に飛ぶ飛行船を視界にとらえた。

パイロットが、横を飛ぶ飛行船のコックピットに、連絡を取った。

「左側を、見てください。航空自衛隊のヘリが、飛んでいるでしょう？　そちらに七人分のパラシュートを届けたい。そのパラシュートを使って飛び降りれば、全員が、助かります。これから、その作業にかかりたい。まず、ゴンドラのドアを、開けてください」

ツェッペリンNTワンの機長の井川は、ホバリングにした。

副操縦士の三浦が、アテンダントの、木村由美と協力して、乗降口の扉を開けた。

ゆっくりと、ヘリが近づいてくる。

ヘリの、ドアが開いて、そこから自衛隊員の顔がのぞいた。クロスボウを、構えている。

　手で、こちらの二人に、ドアから離れろと、合図を送ってきた。

　二人が離れると同時に、クロスボウが撃たれた。

　グラップリングフックは、まっすぐ飛び、開けたドアから、ゴンドラのなかに飛び込んできた。

　飛行船は、ほとんど動かず、並行して飛ぶヘリも、ホバリングしている。

　ヘリとゴンドラの間は、太いロープで、繋がった。そのロープにフックをつけ、それに、パラシュートを一つ一つつけて、滑らせてくる。

　七個のパラシュートは、約十分で、ヘリから、飛行船のゴンドラに、移され、それがすむと、航空自衛隊のヘリは、ロープを巻き戻し、アッという間に、飛び去っていった。

　三浦とアテンダントの木村由美は、急いでゴンドラのドアを閉めた。

　犯人からは、何も言ってこない。

10

　東北自動車道の下り車線、三人の犯人を乗せたアメリカ製キャンピングカーは、頭上から飛行船の姿が、消えてしまったことに気づいて、慌てて、走るスピードを緩めた。

「どうなっているんだ?」

と、一人が叫ぶ。

車を運転していた男が、

「こっちが、飛行船よりも先に出てしまったんだ」

といった。

「飛行船と同じ速度五十キロで走っていたんじゃないのか?」

「そうだよ。それでも、先にきてしまった。おそらく、飛行船が停止したんじゃないか?」

「そんな命令は、出ていないぞ。第一、命令は、飛行機から出すはずだ」

「しかし、ほかには、考えられない」

「飛行機は、どこへ消えたんだ?」

「わからない。突然、見えなくなったんだ」

「まさか、怖くなって、逃げたんじゃあるまいな」

「とにかく、俺たちは、戻ったほうがいい。戻って、ツェッペリンNTワンを探すんだ」

「じゃあ、引き返せ」

「ここは下り車線だよ。逆走はできない」

「じゃあ、その先の、インターチェンジまでいって、いったん、高速を降りろ」

「ＯＫ」

キャンピングカーは、また、スピードを上げて、東北自動車道の下り車線を、走りだした。

「いちばん近いインターは？」

「北上金ケ崎インターだ」

「そこで降りろ」

「地図を見ると、そこまで、三十分はかかる」

「もっと、スピードを上げろ」

「駄目だ。スピードを上げて、パトカーに捕まったら、万事休すだ。制限速度ぎりぎりまで上げる」

三十分後、三人の乗ったキャンピングカーは、インターで、東北自動車道を降りると、今度は、上り方面に入った。

三人とも、イライラしていた。こうしている間に、問題の飛行船は、どこかに、いってしまうのではないのか？

ツェッペリンＮＴワンの、ゴンドラのなかでは、七人の乗客と、アテンダントの木村由美が、副操縦士の三浦から、パラシュートの講習を受けていた。

「まず、パラシュートを背負って、しっかりと、バンドを締めます。現在、この飛行船の高度は、六百メートル、それを千メートルまで上げてから、一人ずつ、飛び出してください。千メートルあれば、充分な余裕が、ありますから、まず、問題なく、パラシュートは、開きます。それでも、開かない時は、こちらの紐を、引きます。そうすれば、予備の小さなパラシュートが、開きます。その小さなパラシュートの勢いで、大きなパラシュートも開きますから、安心してください。そうですね。この紐を持って、ゴンドラから、飛び出すのがいちばんいいでしょう。次の瞬間、紐を引けばいいんです。大丈夫ですよ。全員無事に、パラシュートが開き、着地できますよ」

「下が、平地のところでないと、うまく、着地できないんじゃないのか？」

乗客の一人が、きく。さすがに緊張して声がふるえている。

「それを心配して、今、井川が、飛行船を、皆さんが着地しやすいところに、移動させています」

「そんなことをすると、犯人が、この飛行船を、爆破してしまうんじゃないのか？」

「その恐れがあったのですが、なぜか、私たちを、監視していた双発機も、どこかに、姿を消してしまいました。逃げるなら今です」

ツェッペリンNTワンは、ゆっくりと高度を上げていった。千メートルまで上昇すると、機長の井川は、今度は、機首を、東に向けた。

急速に、東北自動車道から離れていく。

三十分ほど飛行したところで、再び、井川は、飛行船を停止した。

井川は、副操縦士の三浦と、交代して、客室に入っていった。七人の乗客とアテンダントの木村由美に向かって、

「現在、昔話で有名な遠野(とおの)の上空にいます。下をよく見てください。高度千メートルですから、地形が、よくわかるはずです。右手に見えているのが、遠野町です。遠野盆地が、広がっているのが見えるでしょう。あそこに平地が見えますね。あそこに、降りれば、ケガもなく着地できるはずです」

「怖いわ」

女優の南みゆきが、声をふるわせた。

井川は、そんな南みゆきに向かって、微笑して見せた。

「大丈夫ですよ。三浦が説明したように、紐を持って、飛び降りる。そして、紐を引けば、パラシュートは開きます」

「われわれの身代金として奪った四億二千万円、先にそれを、地上に落としておいたほうが、いいんじゃないのか？」

建設会社社長の遠山和久が、いった。

「それは、いけません」

井川が、言下に首を横にふった。

「どうしていけないんだ？」

「いいですか。今、高度千メートルです。ひとつの風呂敷包みに、六千万円が入っていますが、千メートルの高度から落としたら、風圧で、風呂敷が破れ、一万円の札束が、空中に飛び散ってしまうかもしれません。ですから、まず、皆さんが無事に、このゴンドラから、脱出してください。急がないと、犯人が気づいて、プラスティック爆弾を、爆発させるかもしれません」

「誰が、最初に脱出するんだ？」

ＩＴ産業の長谷川浩二が、みんなの顔を見回した。

「私が最初に、飛ぼう。一度だけだが、パラシュート降下をした経験があるからね」

エース広告社長の、松岡明が、手を挙げた。

アテンダントの木村由美がドアを開けると、松岡は、

「じゃあ、お先に」

と、いって、空中に、身を躍らせた。

みんなが、窓から、じっと見つめる。

その目の前で、パラシュートが、パッと、開いた。誰かが、拍手をした。

松岡の体が、ゆっくりと風に、流されていく。

「次は、誰ですか？　今、見たように、パラシュート降下というのは、意外と、簡単なんですよ。とにかく、紐を引けばいいんです」

「じゃあ、次は私」

と、いったのは、アパレルメーカーの社長、高見圭子だった。

しかし、いざ、開いたドアから、飛び出すのは、勇気がいる。

ためらっていると、機長の井川が、彼女の背中を、ポンと押した。

その反動で、高見圭子の体が、外に飛び出したが、そのとたんに、パラシュートが、開いてしまった。おそらく、彼女が慌てて、紐を引いたのだろう。

とたんに、下に落ちるのではなくて、勢いよく、上昇してしまった。

しかし、すぐまた、ゆっくりと、地面に向かって、降下していく。

「今の女性のように、タイミングを多少誤っても、パラシュートは、開きますし、開けば、もう大丈夫なんです」

井川が、安心させるように、微笑してみせた。

「じゃあ、次は、私が飛び降りるわ」

女優の南みゆきが、手を挙げた。

みゆきは、一瞬、開いたドアから、身を乗り出すようにして、下を見ていたが、自分で、

「一、二、三」

と、掛け声を発してから、空中に、身を躍らせた。

今度は、アパレルメーカーの社長、高見圭子とは、逆に、途中まで、落下してから、紐を引いた。

パラシュートが開く。

「次の人」

井川が、怒鳴る。

「まごまごしていると、犯人たちが、やってきて、爆弾のスイッチを押しますよ。早くしてください！」

次に手を挙げたのは、IT産業の若い社長、長谷川浩二だった。

「僕が、先に降りて、下で、サポートしますよ」

と、いい、三十五歳の若さを誇示するように、勢いよく、空中に、身を躍らせていった。

「次は、あなただ。女性は、先に、脱出しなさい」

建設会社社長の遠山が、アテンダントの木村由美に、声をかけた。

由美は、緊張した表情で、

「私は、お客様を守らなければならない立場ですから、皆さんが脱出してからにします。

社長さんこそ、先に脱出してください」

と、いった。

機長の井川も、

「木村のいうとおりです。私たちは、お客様の無事脱出を確認してから、最後に飛びます。それが、会社の方針でもあります。遠山さんから、先に脱出してください」

「いや、私は、最後にする」

と、遠山は、いった。

「私は、仕事柄、こんな事態になれているんだ。そうだ、寺脇さん、あなたは、いちばん年寄りみたいだから、次に、脱出したほうが、いい」

「私が、いちばん年長かね？」

と、総合商社社長の寺脇幸平は、苦笑してから、

「では、お言葉に甘えて、先に脱出させていただく」

寺脇は、六十代にしては、意外なほど、敏捷に、身を躍らせていった。

「次は、どちらですか？」

井川が、残った二人、Rテレビ社長の島崎と、建設会社社長の遠山の顔を見やったとき、コックピットの無線が、鳴った。

三浦が、舌打ちをして、無線に出た。

「こちら、ツェッペリンNTワンですが」

わざと、ゆっくり、答えると、

「どこにいるんだ？」

犯人の大声が、飛び込んできた。

「今、確認中です。風に流されたらしい」

「すぐ東北自動車道上空に戻れ。さもないと、爆破のスイッチを入れるぞ！」

「わかった」

と、三浦はいった。

「ただちに、東北自動車道上空に戻る」

あと二人、乗客が残ってしまったが、犯人が、爆破すると脅してきた以上、それにしたがわざるを得ない。

「まだ、脱出のチャンスはありますから」

と井川は、二人を励ますように、いった。

「私は、平気だ。これでも、若い時は、ベトナム戦争の取材にいって、何度も、危ない目に遭ってるからね」

Ｒテレビの島崎社長がいうと、遠山も、

「君たちは、よくやってる。立派だよ」

と、井川と由美を、ほめた。
その二人が、ゆっくりと、ゴンドラのドアを閉める。
ゴンドラのなかは、五人になった。

第五章　着地点は遠野

1

明治四十三年、柳田国男が『遠野物語』を発表した頃の遠野といえば、北海道よりも、荒涼とした原野が広がっていた。その上、魑魅魍魎の棲むところと、形容されたが、今の遠野は、もちろん、その頃とは、ずいぶん違っている。

ＪＲ遠野駅の周辺は、普通の、街並みである。

しかし、市街地から一歩離れると、とたんに、遠野の、原風景のような、広々とした畑と田んぼが広がっている。

近くには、河童が生息するという、小さな川があり、祠がある。昔は、その河童を見たという地元の老人がいて、一日中、石に腰を下ろして、河童が現れるのを、待っていたのだが、今はその代わりに、監視カメラが、設置されている。

都会の監視カメラと違うのは、ここでは、そのカメラは、河童だけを、狙っているということだ。

茅葺の民家も大事に保存されていて、そこで、観光客や地元の子供たちを、集めて、遠野に何人かいるという語り部の女性が、昔話をしてくれる。

今日も、囲炉裏の周りに地元の子供たちと観光客を集めて、語り部の一人、七十歳のタミさんが、これから、昔話を始めようとしていた。

遠野の昔話には、馬の話が多い。おそらく、遠野には、曲り家という建物があって、同じ屋根の下に、人間と馬が一緒に、暮らしていたからだろう。今日、これからタミさんが、話そうとしているのも、馬の話である。

「昔、大きな庄屋さんの家に、美しい娘があったげな」

タミさんが、ゆっくりと話を始めた。

大庄屋の家に、美しい娘がいた。

その娘は、いつしか、同じ屋根の下に住んでいる馬に恋をしてしまった。娘は、その馬と、結婚したいという。

驚いた父親は、娘が、使いに出ている間に、その馬を殺して、皮をはいでしまった。

ところが、馬の想いが、その皮に、残っていて、ある時、その馬の皮が、娘の体を押し包んで、そのまま、天に、昇っていってしまった。

そんな話である。

話が一段落すると、

「一休みして、お茶でも、飲んでください」

タミさんがいい、ボランティアの若者が、観光客の間を回って、お茶を淹れていく。

その後、タミさんは、

「今日は時間があるので、おまけに小さい話をしましょうか？　何がいいかな？　そうだ、コンニャクと、豆腐の話をしましょうか？　これは短いから、すぐに、すみますよ」

と、いって、次の話を始めた時、突然、男が、土間に転がりこんできた。

背広が、泥で汚れている。

膝をついたまま、男は、

「電話！　電話！」

と、叫ぶ。

観光客の一人が、自分の携帯電話を、取り出して、

「これでいいですか？」

と、その男に渡した。

男は、受け取った携帯電話のプレートを押そうとするのだが、指がふるえてしまって、

なかなか押せずにいる。

見かねた携帯の持ち主が、

「どこへかけたいのですか？」

と、きく。

男は、

「一一〇番、一一〇番！」

と、繰り返した。

「一一〇番して、どういうのですか？」

「すぐに、助けにきてくれ。飛行船から逃げてきた」

「飛行船ですか？」

「そういえばわかるんだ」

男が、怒鳴った。

「あなたの名前は？」

と、携帯の持ち主がきく。

「私の名前は、寺脇幸平だ」

男が、また、怒鳴った。

2

遠野の広い原野に、五人の男女が、パラシュートで、降下した。

遠野警察署では、一度に、五人の男女に助けを求められて、てんてこ舞いだった。

五人のなかには、ケガをしている者もいる。着地に失敗して、救急車で、病院に運ばれた者もいた。

五人が、一様にしゃべったのは、飛行船から逃げてきたということだが、なぜか、詳しい話はしなかった。

おそらく、飛行船に残った二人のことが、心配だから、五人は、大雑把（おおざっぱ）な話しか、できなかったのだろう。

それが、混乱に拍車をかけた。

3

この出来事は、東京の十津川の耳にも飛び込んできた。

十津川は、亀井を連れて、すぐ、遠野にいくことを決めた。

三沢にある航空自衛隊の飛行隊長、前田武史からは、F15を使って、犯人たちの乗った双発機を、追い払ったことを、知らされていたし、また、ヘリを使って、パラシュート七個の、ツェッペリンNTワンのゴンドラへの送り込みに成功したことも、報告を受けていた。

その結果が、出たのである。

二人は、花巻空港まで飛行機で飛び、そこから、県警のパトカーで、遠野警察署に向かった。

遠野警察署に着いてみると、パラシュートで、地上に降下した五人のうちの二人が、負傷して病院に運ばれ、残りの三人は、市内の旅館に、入っていることがわかった。

福山荘という、市内でも大きな旅館で、三人は、広いロビーでお茶菓子の、接待を受けていた。

そこには、遠野警察署の、安田という刑事もいたが、十津川の顔を見ると、

「三人とも、飛行船から、パラシュートで飛び降りたといっています。確かに、彼らのそばにはパラシュートがありました。ところが、どうして、こんなことになったのかときくと、三人とも、いや、病院に、収容された二人もですが、急に、口が堅くなって、何も、話してくれないんですよ。それで、調書が、取れなくて困っています」

十津川は、そんな安田に向かって、小声で、

「実は、これはハイジャック事件でしてね。それで、あの三人も、詳しいことは話したくても、話せないのです。それは、責めないでいただきたい」

と、いうと、安田は、ビックリした顔で、

「本当にハイジャックですか？」

「そうです。今も、ハイジャックは、継続しています」

「そうすると、パラシュートで、降下してきた五人は、人質ですか？」

「そうです。まだ、あと何人か、人質がいますから、逃げてきた五人も、何も、しゃべれないんですよ」

十津川がいうと、安田は、納得の顔で、

「わかりました」

と、いって、遠野警察署に戻っていった。

十津川は、ロビーにいる三人に挨拶し、自分と亀井刑事は、今回の事件を、最初から担当していることを告げた。

十津川は、コーヒーを頼み、三人からツェッペリンNTワンの、ゴンドラの内部の様子や、パラシュート降下のことを、きくことにした。

そこにいたのは、IT産業の若い社長、長谷川浩二。アパレルメーカーの社長、高見圭子。総合商社社長、寺脇幸平の三人だった。

女優の南みゆきと、エース広告社長の松岡明は、降下した地点が悪く、南みゆきは、左足を骨折、松岡明は、神社の屋根に、激突して全身を打撲、救急車で、遠野市内の病院に、搬送された。

「私には、どうしても、わからないことがあるの」

高見圭子が、十津川にいった。

「今回の、事件についてですか？」

「ええ。私たちが、いわば、監禁されていた飛行船の、ゴンドラのなかなんだけど、あそこにいたのは、パイロットが二人、それに、女性アテンダントが一人と、そのほかは、私たち七人の、乗客でしょう？　どうして、あの、ゴンドラのなかに、犯人がいなかったのかしら？　それに、ゴンドラには、私たちの身代金四億二千万円が積まれているんですよ。どうして、犯人は、そんなことを、したのかしら？　私には、それが、わからないの」

「ひょっとすると、ゴンドラのなかに、犯人がいたのかもしれませんよ」

と、十津川が、いった。

高見圭子は、エッという顔になって、

「そんなこと、信じられない。私たち七人の乗客は、全員、立派な人たちだし、パイロットの二人が、犯人だとも思えない。あの可愛らしいアテンダントの女性だって、犯人の仲間とは、とても、思えないもの」

といった。

「そうですが、善人の顔をした悪人は、世の中には、たくさんいますから、わかりませんよ」

十津川が、答えた。

事件の始まりを、考えると、招待客は八人、そのうちの一人は欠席で、七人の招待客が、昨日、ツェッペリンNTワンに乗り込んだ。

パラシュートを使って脱出したのは、そのなかの、五人で、残りの二人は、今もゴンドラに、残っている。

十津川は、その名簿を取り出した。

ゴンドラに、残っているのは、Rテレビ社長の島崎幸彦、六十五歳。建設会社社長の遠山和久、五十五歳の二人である。

それから、パイロット二人、井川隆、五十歳。三浦徹、四十二歳。そして、アテンダントの木村由美、二十八歳。乗務員は、この三人である。

乗客二人と乗務員三人が、現在も、ツェッペリンNTワンの、ゴンドラに残っていることになる。果たして、このなかに、犯人の一味が、いるのだろうか？

十津川が、そんなことを、考えていると、

「今日、ヘリがきて、ロープを使って、七個のパラシュートが、ゴンドラのなかに送り込まれたが、あれは警察が、計画し、実行したものなのかね？」

寺脇が、きいた。

「そうです。われわれが、三沢の航空自衛隊に頼んで、やったことです。七人分のパラシュートを、一度に、すぐ揃えられるのは、自衛隊しかありませんでした。ヘリを使い、七個ものパラシュートを、送り込むのは、成功率が低いと、みられたのですが、あえて実行しました」

「パラシュート降下なんて、初めてだから、体が、ふるえて仕方がなかったわ」

高見圭子が、いったが、顔が笑っているのは、いくらか、気持ちが和んで、きたのだろう。

「飛行船に、残った人たちのことが、心配なんだが、これからどうなると、警察は、思っているんですか？」

ＩＴ産業の若い社長、長谷川が、十津川にきいた。

「ツェッペリンＮＴワンですが、東北自動車道の上空に戻り、また、時速五十キロで、北に向かって飛んでいるようです」

と、十津川が、答えていた時、彼の携帯が、鳴った。

相手は、三沢基地の、航空自衛隊の前田武史だった。

十津川が、救出作戦のお礼をいうと、前田は、

「午前十一時に、飛行訓練を兼ねて、寒河江付近まで、南下してみたのですが、三沢基地に、引き返す途中、天童近くの水田に、例の双発機が、不時着しているのを、発見しました。F15による風圧の、衝撃を何度も受けたので、機体のどこかに、損傷を受けたと考えられます。ただ、乗っていた犯人たちの姿は、見えませんでしたから、どこかに、逃げたのだと思います。報告は以上です」

双発機には、三人の犯人が、乗っていたはずである。その三人は、一人が、ライフルを持ち、飛行機から、飛行船ツェッペリンNTワンを、監視していたはずである。

前田は、不時着した飛行機から、犯人が逃げたのだろうといったが、十津川は、逃げたとは、思わなかった。

どこかで、車を手に入れ、東北自動車道を、北に向かって、ツェッペリンNTワンを追いかけるか、あるいは、東北新幹線に乗って、同じように、北に、向かったに違いないのだ。

続いて、東京の田中刑事から、連絡が入る。

「今、東北自動車道の、盛岡の手前、矢巾パーキングエリアから、連絡が入りました。ちょうど頭上に、高度約六百メートルぐらいで、ツェッペリンNTワンが、飛んでいますが、ほとんど、動いていないそうです」

空中からの、監視役の双発機が、突然、航空自衛隊のＦ15の波状攻撃を受けて、天童近くまで、南下して不時着した。

乗っていた三人が、車か、あるいは、新幹線を使って、追いかけてくるのを、ツェッペリンＮＴワンは、待っているのだろう。いや待てと、指示されているのだろう。

十津川は、今回の犯人は、双発機に、乗っていた三人以外に、共犯者がいるはずだと思っている。その共犯者は、地上にいて、第一回の、あるいは、第二回の、身代金を回収し、運び去るという行動に出たに違いない。

人数は、一人ではなくて、複数いるだろうと、みている。

共犯者たちが、今、どこにいるのか、それも気になった。

たぶん、車を使って、地上から、上空を飛ぶツェッペリンＮＴワンを監視しているのだろう。監視しているとすれば、すでに、花巻あたりには、きているはずである。

「ひとつ、質問をしてもいいかね？」

寺脇が、十津川に、声をかけてきた。

「構いませんよ。どうぞ、何でもきいてください」

「昨日、私たちは、ジャパン天空株式会社から招待されて、生まれて初めて、飛行船というものに、乗ったんだが、八人が、招待されて、一人、こなかったときいた。こなかった招待客というのは、どこの、誰だか、そちらでわかるかね？」

「ジャパン天空株式会社に、きいたのですが、八人目の招待客の名前は、ファーストフードの、チェーン店の社長で、木之内学氏、五十六歳だそうです」

「ああ、木之内さんなら、よく知っていますよ」

アパレルメーカー社長の、高見圭子が、いった。

「お親しいんですか？」

と、亀井が、きいた。

「それほど、親しいというわけじゃありませんけど、パーティとかで、二、三回、お目にかかったことが、あるんです。木之内さんのやっていらっしゃった、チェーン店も、とても景気が、よかったんですけど、最近は、あちこちに、同じような店がたくさんできたのと、材料費が、高くなってしまって、やりにくいとか、どこかのパーティで会った時に、盛んに、愚痴をこぼしていらっしゃったのを、覚えているんです」

と、高見圭子が、いった。

「木之内という、社長だがね、欠席した理由は、何だったのか、君のほうはつかんでいるのかね？」

寺脇が、十津川にきく。

「これもジャパン天空株式会社の、担当者の答えですが、前日まで、木之内社長は、乗船する予定でいたそうです。ところが、当日になって、集合時間を過ぎても、木之内社長が現れない。時間がきて、それで仕方なく、ツェッペリンNTワンは、出発した。ところが、ハイジャックが、起きてしまったので、木之内さんに、なぜ、欠席されたのかをきくのを、忘れてしまった。これが、ジャパン天空株式会社の返事です」

と、十津川が、いった。

若い長谷川が、十津川に向かって、

「犯人のことは、どの程度わかっているんですか？　人数とか、犯人像ですが」

「飛行船を監視していた、双発機には、三人の男が乗っていました。そのほか、地上で身代金の要求などをしていた共犯者が、二、三人いると、思われます。全部で、五、六人のグループだと思っていますが、具体的な犯人像は、まだわかっておりません」

「一人も、わかっていないのですか？」

「飛行船を、監視していたアメリカ製の双発機ですが、これを操縦している男の名前だけは、わかっています。名前は、谷川優、優は優しいという字を、書きます。年齢五十歳。住所は世田谷区給田です。最初は、犯人たちが、双発機で飛行船を監視することを考え、この谷川優を脅して、操縦させているのかもしれないと考えていたのですが、ここまできますと、犯人の一味である可能性が、高くなったと、思っています。そこで、われわれは、この谷川優について、徹底的に調べています」

十津川がいうと、寺脇が、

「すると、あの双発機は、犯人の持ち物ではないんだね？」

「そうです。銀座三丁目の、ビルのなかに、日本遊覧という航空会社が、あります。この会社は、双発機二機、単発機二機、ヘリ二機を所有していて、東京上空の遊覧とか、荷物の運搬とか、時には、離島への、人の移送などをおこなっていて、飛行機のレンタルも、やっています。もちろん、借りる時は、パイロットの免許証の提示が必要ですが、今回の事件の起きる一週間前に、今いった、谷川優という五十歳の男が、この日本遊覧から、アメリカ製の双発機を、予約しています。その飛行機を使って、皆さんが乗っていた、飛行船を、監視していたわけです」

4

その頃、東京の、捜査本部では、パイロット谷川優の、交友関係を必死になって、洗っていた。

谷川優の経歴は、普通のパイロットとは、少しばかり違っていた。

一般のパイロットの場合は、民間の、航空学校で勉強するか、あるいは、航空自衛隊で技術を習得し、その後、民間の航空会社で、働くのが、普通である。

だが、谷川優は、高校を卒業すると、すぐ、アメリカに渡った。アルバイトをしながら金を貯め、数あるアメリカの民間航空学校のひとつに入学、そこで、主として、プロペラ機の操縦を、習得した。

その後、アメリカの、地方都市の、近距離専門の航空会社で、働いた。

さらにその後、オーストラリアに渡り、大牧場で、プロペラ機での輸送の仕事を八年間して、三十八歳の時に、帰国していた。

日本に帰ってから、最初に勤めたのは、東北航空という、仙台に本社のある貨物輸送の会社だった。

この東北航空は、秋田や山形、あるいは、福島などから農作物を、仙台まで自社の小型機で運び、仙台からは、鉄道を使って、東京に移送する仕事を、請け負っていた。

東北航空の社長、野口光太郎は、谷川優とは、アメリカ時代に、知り合っている。その関係で、谷川優は、東北航空に就職したものと思われる。

東北航空は、経営状態が悪化し、一年前に、倒産してしまった。

数年前、秋田や山形、福島から直接、東京へ農作物を運ぶ飛行機の便が、できてしまったのである。

谷川優も、東北航空が倒産したあと、東京に帰ったことはわかっていたが、その後、彼が、何をしていたのかは、はっきりしない。

一年後、谷川は、アメリカ製双発機を、二日間借り、ツェッペリンＮＴワンの監視に、当たっている。

東北航空の社長、野口光太郎、五十五歳が、谷川優と、友人であることはわかったが、東北航空が、倒産した時に、野口光太郎は、倒産の責任を負う形で、自殺してしまっている。

野口光太郎には、現在、三十歳になる、野口隆弘という一人息子がいる。野口隆弘は東北航空が倒産し、父親が、自殺した時に、葬儀にも、顔を出さずに、姿を、消してしまっている。どうやら、谷川優と、野口隆弘は、東北から追われるように、二人で東京に逃げたとも考えられるのである。

社長の野口光太郎は、倒産の責任を取って、自殺したが、それでも二、三億円近い負債が、残っていて、その支払いは、一人息子の、野口隆弘の肩にかかっていたことが、わかった。

谷川優と野口隆弘が、犯人たちのなかにいる可能性は、かなり高いと考えられる。とにかく、谷川が、犯人たちのなかにいることは、事実なのだ。

次は、谷川優の、妻のことである。

帰国した谷川優は、東北航空社長、野口光太郎の知り合いの、旧姓・本間佐知子と結婚した。

谷川佐知子は、現在四十二歳。その弟、本間圭介は、三十五歳だが、以前陸上自衛隊の狙撃部隊に、所属していた。

二年前、上官と喧嘩して自衛隊を辞め、銃に詳しいことから、池袋にある、銃砲店で、働いていた。

その銃砲店にいってみると、店主は、

「本間圭介は、一週間前に、突然、辞めてしまいましたよ。ところが、本間圭介と一緒に、ライフル二丁、弾丸三百発も、消えてしまっていたんです。それで、池袋警察署に、被害届を出しました」

双発機のなかで、ライフルを、持っていた男が、この、本間圭介かもしれない。

谷川優の妻、佐知子は、目下、行方不明である。

昔、東北航空で、働いていた人間を見つけて、話をきいてみると、次のことが、わかった。

社長の野口光太郎は、一応、アマチュアのパイロットで、自家用機を持っていたが、もともとは、建設会社を経営していた。県議会の、有力者から、東北三県の旬の野菜や果物を飛行機で、仙台まで運んでもらいたい。仙台から先は、航空便や鉄道で、運ぶので、ぜひ、そのための航空会社を作ってほしいと頼まれた。

野口光太郎は、経営上、成り立たないのではという危惧を抱き、いったん、断ったのだが、県議会の有力者は、少なくとも十年間は、この仕事は、絶対にペイする。それと、一日二便を約束するといった。

その約束を信じて、野口光太郎は、航空会社を設立し、友人の、谷川優にもきてもらったりして、最初は、うまくいっていたのだが、約束の十年どころか、四年で、このルートは、使われなくなってしまったのである。

たちまち、赤字に転落、約束が違うと、県議会の有力者に、抗議したのだが、まったく、取り合ってもらえなかった。

野口光太郎の自殺は、責任を取っての、自殺ではあるが、抗議の自殺でも、あったのではないかと、元東北航空の社員は、刑事にいった。

「息子の野口隆弘さんが、父親の葬儀に、出席しなかったのも、そういう気持ちが、あったからでしょうか？」

刑事がきくと、相手は、

「そうでしょうね。約束を破った、県議会のお偉方ですけどね、そのお偉方が、盛大な葬儀を、挙げるというもんだから、息子の隆弘さんは怒って、葬儀にも欠席してしまったんだと、私は、思っていますよ」

と、いう。

「今のところ、今回の事件に、関係がありそうに見えるのは、この三人です」

西本はいい、三人の名前と経歴、顔写真を、十津川のところに、送ってきた。

谷川優、五十歳。

野口隆弘、三十歳。

本間圭介、三十五歳。

この三人である。

「三人だけでも、名前が出て、よかったですね」

亀井が、いうと、

「私には、もうひとつ、気になっていることがある」

と、十津川が、いった。

「犯人以外のことですか？」

「いや、犯人のことだ。これは、私の勝手な想像かもしれないから、間違えていたら問題になるので、カメさんも今は、内緒にしておいてほしい」

「わかりました。それで、どういうことでしょうか？」

「七人の乗客が、人質になって、今回のハイジャックが始まった。その七人のなかに、ひょっとして、犯人が、いるんじゃないか、そんな気がして仕方がないんだよ」

十津川が、いった。

「しかし、乗客の七人は、皆さん、ある意味、各業界の有名人で、資産家ですよ。このなかに、犯人の一味がいるとは、とても、思えませんが」

「確かに、カメさんのいうとおりだが、どうしても、その疑問が、頭から離れないのだ」

「警部が、疑問を持たれた理由は、何ですか？」

「二度目の身代金だよ。一人から、六千万円、七人で、四億二千万円もの大金が、身代金として支払われた。ところが、その身代金四億二千万円は、ツェッペリンＮＴワンの、ゴンドラのなかに積まれているんだ。このことから、私は、疑問を、持ち始めたんだ。なぜ、犯人たちは、こんなことを、したのか？　身代金の四億二千万円を、そのまま飛行船に積んでおいたのでは、いざという時に、ゴンドラに、取りつけたプラスティック爆弾を、爆発させることができないじゃないか？　人質は、死ぬかもしれないが、同時に、四億二千万円の札束も、燃えてしまうんだ」

「私も、少しばかり、犯人たちの行動は、おかしいとは、思っています」

「七人の乗客のなかに、犯人の一味がいれば、この行動は、別に、おかしくはなくなってくる。いや、ほかにも、ゴンドラには、ジャパン天空株式会社のパイロットと、アテンダントの、三名が乗っているから、全部で十人になる。このなかに、犯人がいれば、犯人たちの行動は、おかしくなくなるんだ。いつでも、ゴンドラに、積んだ四億二千万円を、目的のところに、落とせばいいんだからね」

「乗客七人のうちの五人が、今日、パラシュートを使って、遠野に、降下しています。

残ったのは、二人だけです」

　と、亀井が、いった。

「現在、飛行船に、残っているのは、Rテレビの社長、島崎幸彦、六十五歳と、建設会社の社長、遠山和久、五十五歳の二人です。これに、二人のパイロットと、女性のアテンダントを入れると、全部で、五人です。警部は、このなかに、犯人の一味がいると思われますか？」

「その五人のほかに、四億二千万円の現金だよ。それを考えると、どうしても、五人のなかに犯人の一味がいるとしか、考えられなくなってしまうんだ」

　十津川はすぐ、東京の田中刑事に、この五人についても、金に困っていないか、ハイジャックをするような人間かどうかを、至急、調べるようにと、連絡した。

　その後で、十津川は、また、亀井に向かって、

「今までの犯人の、行動だがね、今いった五人のなかに犯人がいると考えると、これまでの、犯人たちの行動が、まったく、違って、見えてくるんだよ」

「どんなふうに、違って、見えてくるんですか？」

「犯人たちは、飛行船をハイジャックし、七人の乗客に対して、最初、一人当たり三千万円、合計二億一千万円を要求した。ところが、そのうちの一社が、身代金の代わりに、古雑誌を渡したと、犯人たちは怒り、二回目の身代金を要求してきた。これは、犯人た

ちの嘘じゃないかと、思った。難癖をつけて、二回目の身代金を、要求するための嘘だと、そう思ったのだが、もし、七人のなかの一人が犯人だとすれば、その会社は、別に、自分の会社の社長の身代金を、払う必要はないわけだから、払わなくても、いいんだ。そとすると、実際には、六人分の一億八千万円しか、集まらなかったのかもしれない。その一億八千万円を、犯人たちは、車に、積み込んだと思う。二回目は一社当たり六千万円。今度は、犯人の会社も、六千万円を払った。もし、二回目も払わなければ、怪しまれてしまうからだ。そこで、集まったのが、四億二千万円。犯人たちは、それをなぜか、飛行船のゴンドラに、載せた。現在、飛行船は、北に向かっている。たぶん、北の方向、青森か、あるいは海峡を越えて北海道のどこかに、犯人たちの隠れ家があって、その上にきた時に、四億二千万円を、地上に向かって、落とすつもりに違いない」

「しかし、高度六百メートルから、落とすと、風呂敷が、ほどけたり、破れたりして、札束が四散してしまうかもしれませんよ」

「いや、案外、大丈夫だと思うね。札は新札で、しっかりした束になっているし、落とすときは、風呂敷を、包み直すだろう。それに、地上に、共犯者がいれば、大きなシートを広げて、落下した札束が、はねて、四散しないようにしているはずだ」

「今、飛行船には、乗客のほかに、アテンダントの女性と、二人のパイロットがいます。この三人の乗務員は、信頼できますか?」

十津川が、携帯でジャパン天空株式会社にきくと、広報の江口が、答えた。

「パイロットの井川も三浦も、ともに、ウチに入社して五年になります。二人とも、結婚していて、子供もいますよ。井川のほうは、確か、小学生の女の子で、三浦のほうは、中学一年の、こちらは確か、男の子です。ですから、家庭人としても、問題は、ありません。アテンダントの、木村由美ですが、会社が、ツェッペリンNTワンを購入した時、アテンダントを募集して合格した三人のなかの一人です。現在二十八歳で独身です。サラリーマンの、家庭に育ち、彼女の兄は、すでに結婚していて、商事会社のエリートサラリーマンです。両親にも、問題はありませんし、もちろん、木村由美本人にも、何の問題も、ありません。前科もありませんし、社内で、トラブルを、起こしたこともありません」

「二人のパイロットですが、緊急時の訓練は、受けているのですか？」

十津川が、きいた。

それには、三人目の、パイロット、早川が、答えた。

「私を含めて三人は、ドイツにあるツェッペリンNTワンの会社で、操縦の訓練を受けた後、ゴンドラのなかで、問題が起きた時の、対処法も勉強しました。今回のようなゴンドラの底に、爆弾が取りつけられていて、突然、飛行船の外からハイジャックされるというケースは、訓練されていないのです。しかし、二人のパイロットも、アテンダントも、ここまでのところは、冷静に、対処していると思いますね」

それに続いて、広報担当の江口が、

「彼らが冷静でなければ、危険なパラシュートの送り込みもできなかったでしょう。とにかく、七人の人質のうち、五人は、そのパラシュートを使って、脱出できたんですから、私としては、よくやったと、三人を、ほめてやりたいと思っています」

「確かに、冷静に、対処してくれていると、私も評価しています」

十津川も、江口に賛同した。

しかし、この三人のなかに、もし、犯人の一味が、いるとすれば、冷静な行動も、逆の意味になってくる。犯人だからこそ、冷静に行動した。そう考えても、おかしくはないからである。

もちろん、そのことを、十津川は、口にしなかった。

次に、十津川は、ロビーにいる乗客だった三人に、改めて、話しかけた。

「ツェッペリンNTワンの、ゴンドラのなかには、まだ二人の乗客の方が、残っています。Rテレビの社長、島崎幸彦さん、遠山建設の社長、遠山和久さん、この二人が、心配ではありませんか？」

と、十津川は、三人に向かっていった。

「もちろん、心配ですよ。私たちは、何とか逃げられたからいいようなものの、あの二人、もし、ゴンドラが、爆発したら、間違いなく、死んでしまいますからね」

　ＩＴ産業の社長の長谷川が、いった。

「今、あの二人を、どうしてあげたいですか？」

　十津川がきくと、総合商社社長の寺脇が、

「ゴンドラには、四億二千万円もの、大金が積んであるんだ。犯人も、簡単には、爆破しようとはしないだろう。だから、落ち着いて、行動しなさい。そうすれば、無事に戻ってくることができる。そういって、やりたいね」

「あなたは、どうですか？」

　十津川は、アパレルメーカーの社長、高見圭子に、きいた。

「私たちだけ無事に、逃げてしまって、お二人には、申しわけないという気持ちでいっぱいです」

　と、圭子が、いった。

「皆さんは、今、ゴンドラに、残っている島崎さんと遠山さん、この二人と一緒に、狭いゴンドラに監禁され、一夜を、ともにしたわけです。皆さんからみて、島崎さんと、遠山さんは、どんな人だと、思いますか？　落ち着いて行動できると、思いますか？　それとも、短気そうだから、危ないとか、少し神経質すぎるから心配だとか、どんなことでも、いいのですが、気がついたことを、話してもらえませんか？」

十津川が、三人を見た。

「Rテレビの島崎社長は、たぶん、大丈夫だろう」

と、いったのは、寺脇だった。

「どうして、島崎さんは、大丈夫だと思われますか？」

「島崎君がやっているRテレビだが、三年前だったか、ある番組で、若者のグループを刺激してしまい、放送局をその連中に占拠されてしまったことがある。社長の島崎君や重役たちは、人質になったんだが、うまく、処理して、一人の負傷者も出さなかった。今回も落ち着いていたよ」

と、寺脇がいう。

「建設会社社長の遠山さんのほうはどうですか？」

十津川が、三人にきいた。

「あの人は、大丈夫だと思うわ。だって、私たちのなかで、いちばん、落ち着いていましたもの」

高見圭子が、いった。

「ほかの方も、同じ意見ですか？」

十津川が、寺脇と、若い長谷川に、眼を向けると、寺脇が、

「確かに、高見さんのいうとおり、遠山君は、私もびっくりするほど、冷静だったな」

と、いい、続けて、

「私の知っている、建設会社の社長というのは、たいてい、短気な豪傑型が多くてね。だから、遠山君が、騒ぎ出すのではないかと、心配していたのだが、全然、逆だったから安心したよ」

長谷川も、寺脇の言葉にうなずいて、

「そうですね。体も、大きいし、何となく怖そうで、ハイジャックされたあとで、僕もずいぶん、心配したんです。暴れるんじゃないかと思って。でも、そんなことは、まったくなくて、ホッとしました」

「ヘリを使って、ゴンドラに、七個のパラシュートを、送り込みましたが、皆さん、どう、お感じになりましたか？　これで、助かると思われましたか？　それとも、こんな危なっかしいことをして、大丈夫なのかと、心配されましたか？」

「私は心配したね」

寺脇が、いう。

「どうしてですか？」

「当たり前だろう。まるで、曲芸みたいなものだからね。うまくいかないのではないかと、思ったし、犯人たちが気づいて、爆破のスイッチを入れたら、それで終わりだからね。だから、私は、無茶をするなと、思ったんだ」

「最初に、賛成してくださったのは、どなたですか？」

「とにかく、僕は、何かをやらなければと思っていたから、すぐに、賛成しましたよ」

長谷川が、笑顔になっている。

「その後、全員が、パラシュートを身につけて飛び降りることに、なったんですが、最初に飛び降りたのは、どなたですか？」

十津川が、きいた。

「二人のパイロットは、ドイツで、訓練を受けていると、いったけど、こっちは、僕なんかも初めてだから、正直怖かったですよ。そうしたら、エース広告の社長の、松岡さんが、パラシュート降下の経験があるからといって、最初に飛び降りたんですよ」

と、長谷川が、いう。

「二番目は、誰ですか？」

「いつ、犯人たちが、気がついて、爆破のスイッチを、入れるかどうかわからないので、それなら、まず、女性たちを先に降ろそうということになりましてね」

長谷川が、いい、それを、引き継ぐ形で、高見圭子が、いった。

「二番目は、私だったかしら？　その次が女優の、南みゆきさん。そういう順番でした」

「それで、Rテレビ社長の、島崎さんと、遠山建設社長の遠山さんが、残ってしまったんですね？　いちばん最後に飛ぶのは、誰だということは、決めていなかったのですか？」

十津川が、きく。

「どうだったかしら？」

高見圭子が、首をかしげる。

「そういえば、順番を決めて、出口に向かって並んだような気も、するんだけど、どうだったかな？」

長谷川も、首をかしげた。

「最後は、確か、遠山君だったような気がするね」

と、寺脇が、いった。

「間違いありませんか？」

十津川が、念を押した。

「確か、最初に、エース広告の社長の松岡君が、パラシュート降下の経験があるからといって、飛んだんだ。そして次に、女性たち。残りの男たちは、未経験者ばかりだから、誰が次に飛んだとしても、構わなかったんだ。そうしたら、確か、建設会社社長の、遠山君が、私は、仕事柄こんなことには慣れているから、最後に飛ぶことにする。そんなことをいったような気がするんだ。チラッと見たら、彼が、いちばん最後尾にいた」

寺脇が、いった。

「立派だわ。最初は、ちょっと、気に食わなかったんだけど」

高見圭子が、笑った。

「最初は、嫌な人だったんですか、遠山さんは？」

すかさず、十津川が、きいた。

「ええ。ハイジャックを知らされるまで、ゴンドラのなかは、和気あいあいとしていて、東京の景色を、楽しんでいたんですよ。みんなでワインを飲んだりしながら、ワイワイと楽しんでいたの。その時、あの建設会社の社長さんは、やたらと、自慢をするのよ。柔道で、全国大会に出たことがあるとか、別荘を、北海道と、沖縄に持っていて、夏は北海道にいき、冬は沖縄で、人生を楽しんでいるみたいなことをいうんで、少しばかりうるさいと思っていたの。でも、いざとなったら、自分は、最後でいいっていうんだから、立派だわ」

高見圭子は、十津川に向かって、いった。

「そうですね。遠山さんは、立派な人のようだ」

十津川が、応じた。

第六章　高度を維持せよ

1

水田のなかに、双発機を捨てた、三人の男は、仙台駅から、東北新幹線に乗った。

現在、東北自動車道を、車で北に向かっている仲間三人が、ツェッペリンNTワンを監視し、指示を与えているはずだった。

犯人の一人が、携帯を使ってその仲間に、連絡を取る。

「今、どこにいる？」

「青森だ」

「飛行船は？」

「今、青森上空に、差しかかっているところだ。この先、俺たちは、車ごと、フェリーに、乗らなければならない。そっちは、いつ、青森に着くんだ？」

「今、時刻表を見る。青森には、一五時着だが、こちらは、すぐ、一五時二二分発の津軽海峡線の特急を使って、函館までいくつもりでいる。函館着は、一七時三三分だ。そっちの予定は？」

「青森から、函館まで、フェリーが出ている。一日、六便出ているが、一三時四五分の便に、車ごと、乗るつもりだ。函館に着くのは、一七時二五分になっている。あと、三十分で、フェリーは、出港する」

「ツェッペリンNTワンは、どうしている？」

「俺たちの頭上に、浮かんでいるよ。風がないので、のんびりと、六百メートル上空に浮かんでいる」

「今は、そっちで、コントロールしているんだな？」

「そうだ」

「一三時四五分出港か？」

「そうだ」

「今もいったように、こっちが、青森に着くのは、一五時だから、引き継ぎが、できない。次のフェリーにできないか？」

「一三時四五分の次は、一六時四五分で、三時間もおそくなるし、函館に着く頃は、暗くなってしまうよ」

「どうしたらいい？」

「そっちは、一三時四五分までには、青森には着けないんだろう？」

「無理だ」

「じゃあ、こっちで、飛行船をコントロールする」

「大丈夫か？」

「予定どおり、一三時四五分のフェリーに乗り、フェリーの甲板から、ツェッペリンNTワンを目視しながら、コントロールしていく」

「できるのか？」

「地図で見ると、おれたちの目的地は、函館方向に当たる。だから、飛行船には、函館方向へ飛べと、指示する」

「スピードは？」

「フェリーの会社に問い合わせたら、函館行のフェリーは、時速十六ノットだといっていた。つまり時速約三十キロだから、飛行船には、時速三十キロで、函館方向に飛べと指示する。普通の飛行機なら、このスピードでは、墜落してしまうだろうが、幸い、相手は、飛行船だ。空中停止も可能だから、三十キロなら楽々だろう」

「じゃあ、函館までの誘導は、そっちに頼む」

2

三人の男は、アメリカ製のキャンピングカーを運転して、青森港のフェリー乗り場に向かった。

函館行のフェリーは、すでに、乗船が始まっていた。といっても、フェリーの場合は、人間より、車が優先である。

三人は、キャンピングカーを乗せたあと、身代金の入ったリュックを、各自が背負い、一等船室に落ち着いた。

一三時四五分。

船のエンジンがかかり、船体が、小刻みにふるえ始める。出港である。

三人は、甲板に出た。

甲板には、椅子が、何脚か置かれている。三人は、それを並べて、腰を下ろした。

空を見上げて、ツェッペリンNTワンを探す。

「向こうだ」

一人が、指さした。

その方向に、ツェッペリンNTワンの特徴のある船体が、浮かんでいるのが見えた。

「相変わらず、船体が、キラキラ光って、きれいだな」

一人の男が、不思議そうにいった。

昨日から今日にかけて、あの船体を舞台に、ハイジャックがおこなわれ、合計、六億円の身代金が奪われ、今も、ハイジャックは、続行中である。

しかし、そんな事件とは、まるで無関係のように、白銀色の船体は、陽の光を受けて、美しく、輝いている。

犯人の一人が、感嘆したのも当然なのだが、もう一人は、あくまで冷静に、自分の携帯を使って、頭上のツェッペリンNTワンに指示を伝えた。

「今から、函館方向に、時速三十キロで、飛行するんだ。ちゃんと、見張っているぞ」

三人目の男は、双眼鏡を使って、飛行船のゴンドラを注視した。

「現在、ゴンドラには、乗客二人と、アテンダント一人の三人の姿しか見えない」

「じゃあ、五人の乗客が、パラシュートで脱出したんだ」

「そんなに逃げられて、大丈夫か？」

「大丈夫だ」

と、飛行船に指示を伝えた男は、相変わらず、冷静な口調でいう。

「誰かさんの言葉を借りていえば、すべて、想定内だ」

頭上のツェッペリンNTワンは、三基のエンジンのうち、二基だけを始動、ゆっくりと、函館方向に向かって、海上を、高度六百メートルで、飛行を始めた。

犯人の一人が、携帯で、もう一度、飛行船のコックピットを呼び出した。

「現在の船体のコンディションを、報告しろ」

「船体内のヘリウムガスの状態に、変化なし。現在、エンジン二基で、指示どおり、函館方向に向かって、時速三十キロで、飛行中。海上の風力は、追い風五メートル、飛行に支障なし」

機長の井川が、落ち着いた口調で、応じた。

「燃料は？」

「給油した」

「キャビンのコンディショニングは、充分か？」

「夜間は、暖房を入れたが、今は、切っている。だが、これから、われわれを、どこへ連れていく気だ？」

「そんなことは、きかないほうがいい。指示どおりに動いていれば、危害は、加えない。今は、函館方向に向かって飛べ」

3

三沢基地のレーダーが捉えた、ツェッペリンNTワンと思われる飛行物体が、青森上空六百メートルで、動かずにいると、十津川に知らせてくれた。

知らせてくれたのは、やはり、飛行隊長の前田である。

問題の飛行船の周辺に、他の飛行物体は見当たらないとも、教えてくれた。双発機を失った犯人たちは、新しい飛行機を入手しようとは、考えていないらしい。しかし、列車か車を利用して、ツェッペリンNTワンを、監視はしているだろう。

十津川たちは、すぐ、青森に向かった。

青森に着いたのは、午後一時三十分。

青森の街の上空には、特徴のあるツェッペリンNTワンの姿が、ぽっかりと浮かんでいた。

抜けるような青空である。

白銀色の飛行船が、音もなく、浮かんでいる。

警察と、マスコミが、報道協定を結んでいるので、テレビも、新聞も、ツェッペリンNTワンにからむハイジャックのことも、身代金のことも、伝えていない。

だから、今、青森市内で、ツェッペリンNTワンを見上げている人たちの眼には、いかにも、平和な、明るい光景に、見えているに違いなかった。

しかし、上空のツェッペリンNTワンを見ることのできる、この周辺のどこかに、犯人たちがいることは、十津川には、わかっていた。そして、ツェッペリンNTワンのパイロットに、指示を、与えていることもである。

十津川たちの近くでも、デジカメや、携帯で、上空のツェッペリンNTワンを撮っている人がいる。

その人たちが、急に、声をあげた。

六百メートル上空に停止していたツェッペリンNTワンが、動き出したのだ。方向は、明らかに、青森湾から海に向かっている。

「北海道だな」

と、十津川が、いった。

だが、北海道のどこへ、向かうのかが、わからない。

ツェッペリンNTワンのパイロットに連絡しても、犯人から、他言は禁止されているだろう。

となると、やはり三沢基地の前田に頼らざるを得ない。電話すると、

「今、レーダーサイトにきています」

と、いった。

「飛行船が、動き出したのは、確認していますが、まだ、海上に出たばかりで、行先の特定はできません。あと、十分、待ってください」

「十分ですね」

十津川は、亀井たちに向かって、

「すぐ、津軽海峡線で、北海道にいくぞ」

と、知らせた。

前田は、あと、十分待てといった。

今から、北海道へ渡る列車に乗っても、青函トンネルに、入るまでに、三十分は、かかると、十津川は、計算したのだ。

ところが、列車がない。

現在、一四時五分。しかし、次にくる列車は、一五時二二分青森発、函館行の特急「白鳥15号」しかないのである。

正確に、十分後に、前田から、電話が入った。十津川は、青森駅の構内でそれを受けた。

「ツェッペリンNTワンの飛行コースは、海上を、ほぼ、真北に向かっていて、このまま飛行すれば、北海道の函館上空に、達するものと思われます」

と、前田が、いう。

「やはり、北海道ですか？」

「奇妙なのは、そのスピードのおそさです。時速二十八キロから三十キロで、飛行しています」

「ツェッペリンNTワンの指定された速度は、確か五十キロから、六十キロでした」

「そうです」

「なぜ、そんなにおそいスピードで、飛んでいるんでしょうか?」

「わかりませんね。燃料の節約を考えているのかな。時速二十八キロから三十キロの低速で飛べるのは、飛行船だからでしょうね。ただ、あのままでは、函館上空に達するのは、かなり、おそくなりますね」

「何時頃になりますか?」

「函館上空には、十六時、前後です」

と、前田はいった。

しかし、それでも、間に合わない。十津川たちが乗る予定の特急「白鳥15号」が、函館に着くのは、一七時三三分である。

こうなると、北海道警に、頼むより仕方がない。

十津川は、三上本部長を通じて、道警本部の協力を仰ぐことにした。

電話でのやりとりのあと、道警から、紹介されたのは、小野田という警部だった。その小野田のほうから、十津川に電話が入った。

「ツェッペリンNTワンの事件について、そちらの三上本部長から、だいたいの説明をしていただきました。私は、現在、函館警察署にいます」

「ツェッペリンNTワンは、現在、津軽海峡上空六百メートルを、函館方向に飛行していて、函館上空に達するのは、十七時すぎの予定です」

「十七時なら、まだ充分に明るいですから、しっかりと確認して、そちらに、報告します」

と、小野田は、いった。

一五時二二分、十津川たちの乗った特急「白鳥15号」は、函館に向かって、青森駅を出発した。

道警の小野田警部が「ツェッペリンNTワン確認」の知らせをくれるまで、十津川たちには、手の打ちようがないのだ。

「不思議なのは、今回に限って、飛行船のスピードが、やたらに、おそいことです」

と、亀井が、首をかしげる。

「その点、同感だ。今回は、時速二十八キロから三十キロだからね。ツェッペリンNTワンの指示速度は、五十キロから六十キロだから、その半分だ」

「なぜ、今回は、そんなに、おそいんでしょうか？」

「ツェッペリンNTワンは、今も、犯人たちの監視を受けているはずだ」

「わかっています」

だ」

「だから、時速二十八キロから三十キロというスピードも、犯人たちの指示によるはず

「だと、私も思いますが、なぜ、犯人は、今回、こんなおそいスピードを、指示したんでしょうか？　それが、不可解です。今までは、時速五十キロから六十キロを、指示していたわけですから」

「ひとつだけ、答えがある」

十津川が、いった。

「どんな答えですか？」

「船だよ」

「――？」

「今まで、犯人たちは、車か、双発機で、ツェッペリンNTワンを監視していた。車でも、時速百キロは出るし、双発機なら、時速三百キロは出る。しかし、肝心のツェッペリンNTワンの巡航速度は、五十キロから六十キロだから、犯人たちも、そのスピードを、指示した。今回も、車か飛行機から、ツェッペリンNTワンを監視しているのなら、同じスピードを指示したはずだ。ところが、飛行機は、故障して捨てた。一方、ツェッペリンNTワンは、現在、海上を、函館方向に向かって、飛行中だ。海上を、車で追うことが、できないとなれば、犯人たちが利用できるのは、船しかない」

「わかりました。船のスピードですね」

亀井が、ニッコリした。

十津川は、うなずいて、

「たぶん、犯人たちは、今、フェリーに乗り、その甲板から、ツェッペリンNTワンを監視し、指示しているんだと思う。フェリーのスピードは、十六ノットといわれる。これを、キロにすると、三十キロになる」

「それで、そのスピードで飛ぶように、犯人たちは、ツェッペリンNTワンに指示したんですね」

「そうだ。それ以上で、ツェッペリンNTワンが飛んでしまったら、犯人たちは、たちまち、見失ってしまうからね」

と、十津川がいったとき、彼らが乗った特急「白鳥15号」は、青函トンネルに、突入した。

4

列車が、長いトンネルを抜けたとたん、待っていたように、十津川の携帯が鳴った。

「道警の小野田です。今、函館上空に、ツェッペリンNTワンを確認しました」

と、小野田がいった。

「間違いありませんね？」

「きれいですよ。ツェッペリンNTワンの船体が、キラキラ光っています」

「問題は、ツェッペリンNTワンが、函館上空から、どちらへ向かうかということです」

「今、なぜか、ツェッペリンNTワンは、函館上空で、停止しています。双眼鏡で、確かめると、停止しているのが、確認されます」

「ツェッペリンNTワンが動き出したら、すぐ、連絡してください」

と、十津川は、小野田に頼んだ。

犯人たちは、二つにわかれていると、十津川は見ている。

第一のグループは車に乗り、地上から、ツェッペリンNTワンを監視し、指示を与えている。

第二のグループは、アメリカ製の双発機BEバロン58に乗り、同じ空中から、ツェッペリンNTワンを、監視し、指示を与えてきた。

その第二グループは、三沢の航空自衛隊のF15の攻撃を受けて、双発機は、故障した。その後、新しく飛行機を手に入れた形跡はないので、今は、第一グループと同じく、車に乗り、地上から、ツェッペリンNTワンを、監視しているに違いない。

そのどちらかのグループが、まだ、函館にきていないので、その到着まで、上空のツェッペリンNTワンには、停止するように、指示しているのだろう。

5

大型のキャンピングカーで、函館港に降りた三人の男は、市内を目ざしていた。

上空には、ツェッペリンNTワンが、こちらの指示どおり、ホバリングで、浮かんでいる。

犯人の一人が、列車で函館に向かっている仲間に、携帯を、かけた。

「今、どのあたりだ？」

「列車は、青函トンネルを抜けて、十五、六分走ったところだ。ツェッペリンNTワンは、無事、函館に着いたか？」

「上空に、浮かんでいる。そっちが、函館に着くのは、一七時すぎだったな？」

「時刻表によれば、一七時三三分だが、俺たちは、途中の木古内で降りる」

「なぜ？」

「同じ列車に、東京の刑事が乗っているんだ。十津川という警部の顔を見たんだよ。このまま、終点の函館までいくのは、危険なので、木古内で降りる」

「その時刻は?」

「一六時四八分だ」

「それでも、今から、二十分以上かかるな」

「そっちも、危険なのか?」

「函館市内を、道警のパトカーが、走り回っているんだ。ツェッペリンNTワンの見える場所から、監視し、指示しているとみて、それらしい車を捜しているんだろう」

「わかった。それなら、こっちを待たずに、目的の場所に向かってくれ」

と、男の一人が、いった。

キャンピングカーの三人は、頭上を見上げた。

一人が、ツェッペリンNTワンの井川に、電話をかける。

「現在、一六時二三分だ。一六時五〇分になったら、北東に向かって移動しろ。スピードは、ここまでと同じく、時速三十キロ。わかったら、復唱しろ」

「一六時五〇分になったら、北東に向かってスタートする。時速は三十キロ」

「よし。間違えるな。他から連絡があっても、今のことは、他言無用だ。もし、しゃべったら、わかっているな?」

「わかっている」

6

道警の小野田警部は、函館市内のパトカーに、指示を出していた。

「市上空の飛行船に、注目している人間や、停まっている車があったら、すぐ報告せよ」

と、いう指示である。

しかし、これは、結果的に失敗だった。

突然、市の上空に出現したツェッペリンＮＴワンに驚いたり、興味を持って、人々が見上げたり、写真を撮ったりしていたし、車が、市内の各所で、このために停まってしまい、交通渋滞を起こしていたからである。

パトカーの報告を待つどころか、問い合わせで、一一〇番が、鳴りっ放しになってしまったのである。

一六時五〇分、とつぜん、上空のツェッペリンＮＴワンが、動き始めた。

また、大さわぎになった。

7

十津川は、特急「白鳥15号」の車内で、ツェッペリンNTワンが、動き出したという報告を受けた。

「現在のところ、函館から、北東に向かっていますが、スピードはおそいですね。時速三十キロか、それ以下ですね。こちらは、覆面パトカー三台と刑事十二人で、追跡しています」

と、小野田警部が、知らせてくれた。

「不審な車や、人物は、見つかりませんでしたか？」

十津川が、きくと、小野田は、電話の向こうで笑った。

「それなんですがね。ツェッペリンNTワンが、市の上空に現れたとたんに、大さわぎになりましてね。実物の飛行船を見るのはみんな初めてでしょうから。車は停まるし、人々は、上空を見上げて、写真を撮る。問い合わせの電話は鳴りっ放しになる。不審な車、人間だらけで、途中で調べるのを止めました」

と、小野田がいう。

十津川は、了解した。

仙台でも、そうだった。ツェッペリンNTワンの実物を見た人は、ほとんどいないから、全長七十五メートルの船体を、高度六百メートルの低さで見れば、誰もが、興奮する。その上、警察は、ハイジャックのことは、公表できないから、問い合わせに対して、あいまいな返事しかできない。

さわぎが、大きくなるのが、当然なのだ。

「道南の日没は、何時ですか？」

十津川は、別のことをきいた。

「今日は、午後五時二一分です。暗くなると、追跡は、難しくなるかもしれません。そちらは早く、追いついてください」

と、小野田はいったが、こちらは、函館着が、一七時三三分なのだ。もう、暗くなっている時刻である。

8

一六時四八分。特急「白鳥15号」は、木古内に着いた。

三人の男は、最後尾の車両から、そっと、ホームに降りた。すぐ、列車は、発車していく。このあと、終点の函館まで、停車しない。

三人の男の顔に、自然に、安堵(あんど)の色が浮かぶ。これで、東京の刑事と、ぶつかる心配は、ひとまず、消えたのだ。

三人の男は、すぐ、レンタカーの営業所を探し、車を借りることにした。

スピードの出るスカイラインＧＴＲがあったので、それを借りることにした。問題は、誰の運転免許証を、使うかだった。

否応なしに、名前が、のこってしまうのだ。

「大石。お前の免許証を使え」

と、年長の男が、大石雄一に、いった。大石が、ためらっていると、

「こんなところまで、警察は、調べにきやしないから、安心しろ。急ぐんだ」

スカイラインＧＴＲを、借りると、その大石の運転で、函館に向かって、スタートした。

9

やっと、特急「白鳥15号」が、函館に到着した。

一七時三三分。すでに、周囲は、暗くなっている。

駅前には、道警が、二台の覆面パトカーを用意してくれていた。

十津川以下八人の刑事らが、二台に分乗して、これから、ツェッペリンNTワンを追うことになる。

まず、先行している小野田警部に、連絡をとる。

「飛行船のゴンドラに、灯りがついているので、何とか、追跡できています」

と、小野田がいう。

「スピードは、相変わらず、おそいですか？」

「おそいです。その上、時々、上空で、停止しています。どうみても、地上からの指示を受けていますが、残念ながら、その犯人も、乗っている車も、見つかりません」

「現在のツェッペリンNTワンの位置は？」

「そちらの車に、北海道の地図があると思うので、道南の地図を見てください。登別（のぼりべつ）わかりますか？」

「わかります」

「登別の先、十二キロ、海岸線に沿って、苫小牧（とまこまい）方向に、相変わらず、時速三十キロ以下のスピードで、飛んでいます」

「函館から、ずいぶん時間をかけていますね」

「函館から、内浦湾を横断すれば近いのに、なぜか、内浦湾の海岸に沿って、大まわりして飛んでいるんです」

「海岸沿いに、道路が、走っているんじゃありませんか？」

「道央自動車道が走っています」

「車ですよ。犯人たちの乗った車が、その道路を走っていて、ツェッペリンＮＴワンが、その車に、合わせて、飛んでいるんです」

と、十津川は、いった。

「サイレンを鳴らして、いいですか？」

ハンドルを握っている西本刑事がきく。

「いいだろう。飛行船は、もう、登別までいってしまっているんだ。追いつくまで、サイレンを、鳴らして、ぶっ飛ばせ！」

二台の覆面パトカーは、サイレンを鳴らし、どんどん、スピードを上げていく。先行する車を、次々に、追い抜いていく。

十津川は、じっと、考え込んでいた。

地図を見れば、苫小牧の先は、日高（ひだか）である。

犯人は、何か目的があって、ツェッペリンＮＴワンを、日高地方に、向かわせているのだろうか？

10

東京の捜査本部から、道央自動車道を、走っている十津川の携帯に、電話がかかってきた。

「今、ジャパン天空株式会社から、電話が入りました」

電話してきたのは、捜査本部に、残っている田中刑事だった。

「どんな電話だ？」

「犯人が、また新たに、身代金を要求してきたそうです」

「またか」

「そうです。犯人がいうには、二回目の身代金として、四億二千万円を手に入れたので、乗客七人を解放しようと思ったが、勝手に五人が逃げてしまった。これは、完全に、われわれに対する挑戦である。そこで、人質が勝手に逃亡したことに対して、懲罰の意味で、三回目の身代金を要求する。まだ飛行船には、乗客二人、パイロット二人、アテンダント一人が乗っている。この五人の身代金として、一人一千万円、合計五千万円を、ジャパン天空株式会社に要求するといっています」

「五千万円全額を、ジャパン天空株式会社に要求しているのか？」

「そうです」

「Rテレビと、遠山建設には、要求していないのか？」

「そうです」

「受け渡し方法について、犯人は、何かいってきているのか？」

「ジャパン天空株式会社は、すでに、午後四時を過ぎてしまっているから、銀行は閉まっている。五千万円は、用意できないと、いったそうです」

「そうしたら、犯人は？」

「明るくなり次第、また、連絡するといって、電話を切ったそうです」

「飛行船に残っている五人に対して、一人一千万、合計五千万円か」

「そうです。警部は、三回目の身代金の要求を、どう思われますか？」

田中が、きく。

「二つ、引っかかるね。ひとつは、なぜ、急に、一人当たりの金額が、少なくなったのか。一回目は、一人三千万円、二回目が六千万円と金額が大きくなったのに、今度は、一千万円と、急に、小さくなっている。犯人が遠慮したのかね」

「二つ目は、何ですか？」

「五人分の五千万円を、全額、ジャパン天空株式会社に、要求している。前の二回は、すべて、七人の乗客の会社に要求してきたのに、なぜなのかな？　乗客は、まだ、二人残っているのにだ」

「確かに、三回目は、大ざっぱにみえます」

「今、ツェッペリンNTワンに残っている二人の乗客のことを、徹底的に、調べてもらいたいんだ」

「この二人については、すでに、調査を進めています」

と、田中が、いう。

「それでは、わかったところまででいいから、話してくれ」

十津川は、携帯に、ボイスレコーダーをつないだ。

「まず、Rテレビ社長の島崎幸彦について、わかったことを、お知らせします。前にもご報告したように、島崎幸彦は、現在、六十五歳。Rテレビの社長と、系列の新聞社の社長も兼ねています。Rテレビも新聞社も、今のところ、経営状態は順調で、社長の島崎幸彦の地位は安泰だと、みていいと思います。妻の富美子は、島崎より、十歳年下ですが、社長の島崎も妻の富美子も今のところ、病気もしていませんし、二人で海外旅行を楽しんでいるようです。二人の間には、すでに、結婚している息子が一人います。島崎明彦、三十二歳。現在、Rテレビでドキュメンタリー部門の部長をやっていて、この息子の評判も、いいですね」

「会社も家庭も、今のところ、安泰ということか？」

「ええ、そうですね。うまく、いっていると思います」

「もう一人の遠山和久のほうは、どうなんだ？」

「遠山和久は五十五歳。仙台の出身です」

「仙台？　仙台だって？」

思わず、十津川の声が、大きくなった。

「仙台が、何か問題になりますか？」

と、田中が、きく。

「本当に、仙台の生まれなのか？」

「はい。間違いありません」

「今でも、仙台に、生活の拠点を持っているのかね？」

「それは、わかりませんが、遠山は、二十代から三十代にかけて、父親がやっていた、仙台の建設会社で、働いていたのです。それが、十年前に、東京に進出してきて、遠山建設を、始めました」

「東京での事業は、うまくいっているのかね？」

「遠山は、郷里の仙台から、優秀な大工や左官を連れてきて、丁寧な仕事をやるので、会社は、どんどん大きくなっていったのですが、ここにきて、不景気で、仕事が減ってきて、経営は、苦しいようです」

遠山建設社長、遠山和久と、東北航空の社長をやっていた野口光太郎が、同じ仙台の生まれということが、十津川には、やはり引っかかった。もちろん、同じ仙台の生まれだからといって、二人が親しかったという証拠にはならないのだが。

遠山和久も、野口光太郎も、同じ五十代である。とすれば、同じ小学校、中学校だった、可能性はある。

十津川は、宮城県警に、この二人の男について調べてほしいという要請を出した。

十津川たちの車が、登別に着いた時、その宮城県警からの回答が、待っていた。

十津川の周辺には、亀井を、はじめとして、西本、日下、三田村、北条早苗などの刑事も、集まっている。

宮城県警からの報告には、こうあった。

〈二人とも、仙台市若林区に生まれ、同じ小学校、中学校、高校と、地元の学校に通っています。その後、大学は違いましたが、当然、二人が知り合いであることは、間違いありません。

また、野口光太郎は、県議会の有力者から東北航空を、設立するように要請された時、小学校からの友人である、遠山和久を誘っています。遠山は、東北航空が、設立される時、資金援助をしていますが、遠山自身は上京し、東京で建設会社を始めているのです。したがって、東北航空が、倒産した時、遠山建設の遠山和久も、かなりの額の、損害を受けていて、現在、遠山建設の、経営状態が悪いのは、そのせいもあると思われます〉

これが、宮城県警の回答だった。

埼玉の基地から、ツェッペリンNTワンが、遊覧飛行に旅立った時、七人の招待客が、乗っていた。

そのうちの五人が、パラシュートで脱出し、残っているのは、二人だけである。Rテレビの社長、島崎幸彦、六十五歳。遠山建設の社長、遠山和久、五十五歳。この二人のどちらかが犯人の一味とすれば、どう考えても、遠山和久のほうが、それに近いと、考えざるを得なかった。

十津川は、前々から、容疑者のリストを作っていた。

それは五十歳のパイロット、谷川優を中心にしたものである。

遠山和久、五十五歳。

野口隆弘、三十歳、自殺した東北航空元社長、野口光太郎の息子。

谷川優の妻、佐知子、四十二歳。

本間圭介、三十五歳、元自衛官。自衛隊では狙撃手の経験あり。谷川の妻、佐知子の弟。

このほかに、十津川は、三人の名前を手帳に書いた。

大石雄一、三十六歳。倒産した東北航空副社長。

中川四郎、同じく三十六歳。元プロ野球選手。倒産した東北航空には、野球部があり、ピッチャーだった。それが、プロ野球の選手になったのだが、三年で、肩を壊して退団し、現在は無職である。

仙道要（せんどうかなめ）、四十歳。電子工学のプロ。アメリカのコンピュータ会社で、技術者として働いていた。そこで、日本人ということでイジメに遭い、日本に帰ってきている。

このうち大石雄一、中川四郎、仙道要、この三人は犯人だという証拠は、まだ、見つかっていなくて、クエスチョンマークが、ついている段階である。

十津川が、メモした名前は八人。そのうちの遠山和久は、飛行船の客として乗っていて、現在は、人質として、ゴンドラのなかに監禁されている。その遠山和久を、除いたあとの七人は、全員行方不明になっている。

全員が運転免許証を持ち、谷川優は、その上、パイロットの免許を持っている。

11

ツェッペリンNTワンは、犯人の指示のままに、時速三十キロで北海道の原野の上空を、東に、向かって飛んでいる。二日目の夜になった。

残された二人の乗客のうちの遠山が、突然、

「高度が、少し、下がっているんじゃないのか？」

と、アテンダントの木村由美に、きいた。

「本当ですか？」

「下がっているような気がするんだ。パイロットに、確認してくれ」

と、遠山が、いう。

木村由美は、慌てて、コックピットにいき、副操縦士の三浦に、

「お客様の一人が、高度が、少し下がっているんじゃないのかとおっしゃっているんですけど、どうなんですか？」

と、きいた。

三浦が、振り向いて、

「お客も、気がついたのか？」

と、いう。

その顔が、蒼ざめている。

「本当に、高度が、下がっているんですか？」

「実は、そうなんだ。ずっと、高度六百メートルで、飛行していたのだが、ここにきて急に、三十メートルも、下がった。上昇しようとしているんだが、どういうわけか、上がらないいんだよ」

「上昇できないんですか？」

木村由美が、機長の井川にも、きく。

「わからない。どうにも、理由がわからないんだよ」

井川が、叫ぶように、いう。

その時、二人の乗客が、不安気に、コックピットを覗(のぞ)いた。

Rテレビの社長、島崎が、二人のパイロットに向かって、

「本当に、高度が、下がっているのか？　正直に答えてくれ！」

と、大声を出した。

「急に、高度が下がり始めて、私たちも、ビックリしているんですよ。上昇しようとしているのですが、なぜか、上昇できません」

と、三浦が、いった。

「今までずっと、高度六百メートルで、飛んでいたんだろう？　どのくらい、下がったんだ？」

怒鳴りつけるように、遠山が、きく。

「三十メートル下がりました」

と、三浦は、いった後、また顔色が変わった。

「五十メートルです。どうしたのかな？　どうして、上昇しないんだ？」

「とにかく、何とかしたまえ」

と、島崎が、いった。

「五百メートル以下に下がったら、爆発するんだぞ。わかっているんだろうな？」

「わかっているから、いろいろやっているんですよ」

と、副操縦士の三浦が、怒鳴り返す。

ツェッペリンNTワンには、二百馬力の三基のエンジンが、船体の両側と、船尾に、装備されている。

このエンジンには可動チルト式のプロペラがついている。つまり、プロペラ部分を、上や下に向けることができるのだ。上に向けて、プロペラを回転させれば、ヘリウムを充塡した軽い船体は、上昇する。

この操作は、コックピットで可能なのに、今はどうしても作動しないのだ。

「どうして、上昇しないんだ？」

「そんなこと、わかりませんよ。故障かな？　いや、そんなはずは、ないんだ」

「死ぬのは嫌だぞ！」

Ｒテレビの社長、島崎が叫ぶ。

「パラシュートを使って、飛び降りたら、どうなんだ？」

と、遠山がいう。しかし、三浦は、

「外を見てくださいよ。もう、真っ暗じゃないですか？　下の様子だって、わからない。こんな時、パラシュートで降下したら、どうなるかわかりませんよ。少なくとも、命の保証はできません」

「じゃあ、どうしたらいいんだ？」

「キャビンにある荷物を、全部、船外に、捨ててください。それと、タンクの水を捨てます。そうすれば、少しは、船体が軽くなります」

と、機長の井川が、いった。

副操縦士の三浦とアテンダントの木村由美、それから、二人の乗客が、キャビンを見回した。

「それを、捨てましょう」

三浦が、キャビンの隅に積まれた、身代金四億二千万円の、風呂敷包みを指さした。

「捨てるといったって、これは、四億二千万円だぞ」

と、遠山が、いった。

「いいじゃないですか。助かりたく、ないんですか？」

怒ったように、三浦が、いう。

「遠山さん、この際、捨てましょうよ。四億二千万円といったら、四十キロほどの重さが、あるんだ。これを捨てれば、少しは、軽くなる」

と、島崎がいった。

「でも、四億二千万円ですよ」

「じゃあ、大金を抱いて、爆発するのを待つんですか？」

三浦が、尖（とが）った声を出した。

四人で、札束を包んだ風呂敷の結び目が解けないように、頑丈に結わえ直してからドアを開け、一包みずつ、船外に投げ捨てていった。四億二千万円の札束は、アッという間に、夜の闇のなかに、消えてしまった。

それが終わると、四人は、コックピットを覗いた。

「どうだね、機体が下がるのは、止まったかね？」

島崎が、操縦席にいる井川に、きいた。

「まだ、上昇はできませんが、降下は止まりました。現在、高度五百五十メートルで、安定しています」

ホッとした声で、井川が、いった。

「じゃあ、私たちは、助かるんだな？」

島崎が、きく。

「しばらくは、死なずにすみますが、どうやって、爆破装置を外したらいいのか、それが、わからなければ、永久に、飛んでいなければなりませんよ」

と、三浦が、いった。

その時、突然、コックピットの電話が、鳴った。

三浦が、受話器を取る。

「今、何をしたんだ？」

叱りつけるような、男の声が、きこえた。

「何も、していませんよ。そちらの指示どおりに、ツェッペリンＮＴワンを、飛ばしているじゃありませんか？」

三浦が、いい返した。

「本当に、何も、しなかったんだな？」

「そうですよ。何も、できるはずがないじゃないですか。それよりも、いい加減に、私たちを、解放してくださいよ」

と、三浦が、いった。

「解放か」

「あなた方は、二回にわたって、身代金を手に入れた。全部で、六億円じゃありませんか？　もう、満足したでしょう？　そろそろ、私たちを、解放してもいいんじゃありませんか？」

「そんなに、命が惜しいか？」

「当たり前でしょう」

「そうか、わかった。その地点から、左に旋回をしろ。元のルートに戻るんだ。函館に向かって、飛べ！」

　犯人が、いった。

　五人を乗せたツェッペリンＮＴワンは、ゆっくりと旋回をし、函館方向に針路を変えた。

12

　車で追っていた、十津川の携帯に、三沢基地の前田から、電話が入った。

「三沢基地のレーダーサイトから、ツェッペリンＮＴワンと思われる飛行物体が、引き返して、函館に向かっているらしいという、報告がありましたよ。そちらで確認していますか？」

「いえ、確認していません。本当に、函館に引き返しているんですか？」

「レーダーサイトからは、そう報告してきました。高度五百五十メートル、時速三十キロで、函館に向かっています」

「高度五百五十メートルですか？　六百メートルではないんですか？」

「ええ、そうですよ。ずっと、六百メートルで高度を維持してきたのに、三十分前に、突然五百五十メートルまで、下がりました」

「高度が下がったのは、どうしてか、わかりますか？」

「理由は、わかりませんが、もしかすると、何らかの故障が、起きたのかもしれませんね。今は、高度五百五十メートルを、維持して飛んでいますから、爆発はないと思いますよ」

「われわれも函館に引き返そう」

十津川が、決断した。

今度は、函館に向かって、走りながら、亀井は、しきりに、首をかしげていた。

「なぜ、急に、犯人は、ツェッペリンＮＴワンに、函館に引き返せと、指示したんでしょうか？　それがわかりませんね」

と、亀井が、覆面パトカーを、運転しながら、いう。

「私には、それよりも、犯人たちが、なぜ日高方面に向かわせたのか、その点が理解できない」

函館に戻って、十津川は、ツェッペリンNTワンを待つことになった。

しばらくして、三沢基地の前田から、また連絡が入った。

「ただ今、レーダーが、函館上空に、ツェッペリンNTワンと思われる、飛行物体を確認。そちらからは、見えませんか？」

「ちょっと、待ってください」

十津川が、車を降りて、夜空に目を凝らすと、函館の街の灯りを、反射して、ツェッペリンNTワンの白銀色の船体が、きらりと、光るのが見えた。

「今、ツェッペリンNTワンの船体を、確認しましたが、すぐに、見えなくなりました」

「レーダーサイトの報告によると、ツェッペリンNTワンは、函館の上空で方向を変えて、津軽海峡に向かって、南下しています。このままいけば、再び青森に入るのでは、ありませんか」

十津川は、部下の西本たちに、道警の覆面パトカーをそのまま借りて、朝一番のフェリーで青森に渡り、ツェッペリンNTワンを見つけ次第、一緒に南下するように命じた。

一方、十津川は、夜が明けたら、亀井と二人、列車で津軽海峡線を使い、青函トンネルを抜けることにした。

今からでも、二本の列車が、あるにはある。

ただ、二本とも、寝台列車である。カシオペアは、二一時〇〇分に、函館を出発し、北斗星は、二一時四八分に、函館を出るが、どちらの列車も、仙台まで、停車しないのである。

フェリーのほうも、最終は、二二時三〇分に函館発、青森行があるが、青森着が〇時三五分である。夜おそく函館を出て、夜中に青森に着くのでは、ツェッペリンＮＴワンを発見するのは、難しいだろう。そう考えて、十津川は、朝一番のフェリーを使えと、西本たちに、指示したのである。

二人は警察手帳を見せ、函館駅の助役室で、始発電車が出るのを、待たせてもらうことにした。

さすがに、四月の北海道は、まだ寒い。助役室には、ストーブが入っていた。

宿直の駅員が、コーヒーを淹れてくれた。

十津川は、温かいコーヒーを、飲みながら、自分の携帯を取り出して、テレビを、つけてみた。別に、見たい番組があるわけではなかった。ニュースが見たかったのだ。

今回のハイジャック事件は、報道されていなかった。

やはり、まだツェッペリンＮＴワンのゴンドラには、五人の男女が乗っていて、彼らが人質になっている。それで、マスコミとの報道協定は解かれていないのだろう。

宿直の駅員が、いなくなり、二人だけになってから、十津川と亀井は、今回の事件について、自分の意見を述べ合うことにした。

十津川は、コーヒーを置くと、自分の手帳に書き留めた、犯人と思われる名前を、亀井に見せた。

遠山建設の遠山和久は、別にして、七人の名前が、そこには書き並べてある。

「遠山を入れて、八人だが、彼らが犯人だという確証はないんだ」

「この八人ですが、この人たちは、東京で調べてもらっているわけでしょう？」

「ああ。調べてもらっているよ。ただ、このなかの遠山和久と、野口隆弘の二人については、同じ仙台の出身ということで、宮城県警に調べてもらっている。その一回目の報告は、カメさんにも見せたはずだ」

「ええ、それは見ました。野口隆弘の父親、野口光太郎と、遠山和久は、同じ仙台の出身で、小中高と同じ学校に、いっています。東北航空ができる時には、遠山も、出資していますから、東北航空が倒産して、それが、借金になって困っているということでしょう？　つまり、ハイジャックをする動機は、充分にあるということですね」

「だからこそ、今、ツェッペリンＮＴワンのゴンドラに、残っている客二人のうち、遠山和久のほうが、怪しいと、私は、思っているんだ」

石炭ストーブの火力が、弱くなってきたので、十津川は、スコップを使って、石炭をストーブに放り込んだ。また赤く、火が、燃えあがってくる。

十津川は、その炎を、じっと見つめた。

「今回のハイジャックは、珍しい事件だよ。普通、飛行機や列車がジャックされた場合、その飛行機や列車のなかに犯人がいるものだ。今回、飛行船のゴンドラのなかに、一人、怪しい人間がいるが、犯人たちは、主として、飛行船の外にいて脅迫し、多額の身代金を、奪い取っている。外にいる犯人は、飛行船をエサに、警察の動きを牽制しておいて、いつでも、自由に逃亡できるんだ。そのことに腹が立ってくる」

「その点、同感です。しかし、犯人たちは、最後はどうやって、締めくくるつもりなんでしょうか？　今、警部がいわれたように、犯人たちは外にいるわけですから、いつでも逃げたい時に逃げられます。われわれ警察に、ツェッペリンＮＴワンを追いかけさせておいて、自分たちはサッサと、逃亡を図っているのではないでしょうか？」

「私は、犯人が、もう一度、身代金を要求してくるのではないかと思っていたら、やはり、要求してきた」

「そうですね。まだ、ツェッペリンＮＴワンには、五人の男女が残っているので、五千万円をジャパン天空株式会社に要求してきました」

「そのことに、私は、首をかしげている」

「金額が少なすぎますか？」

「それもあるし、今回、身代金を要求した相手にも、私は、首をかしげているんだ」

「確かに、前の二回は、乗客七人の会社に、要求しましたが、すでに、二人しか、乗客は残っていません。それに、この二人の会社から、一回二回と、多額の身代金を奪い取っているので、今回は、遠慮したんじゃありませんか？」

「違うんだよ」

「どこがですか？」

「身代金を要求する相手が、ジャパン天空株式会社になった」

「そうです」

「それにしては、要求する身代金が、少なすぎる」

「しかし、人質が、五人しかいません」

「もっと、すごい人質がいるじゃないか」

「どこにですか？」

「ツェッペリンNTワンだよ。こんな高価な人質はいないだろう。ジャパン天空株式会社は、ツェッペリンNTワンを十六億円で購入した。つまり、十六億円の人質だよ。犯人は、そのツェッペリンNTワンを乗っ取ったんだ。それなのに、五千万円の要求とは、いかにも、少なすぎる」

「警部は、これを、本気ではなく、犯人の陽動作戦と思われますか？」

「そう思わざるを得ないんだよ。警察の注意を、身代金五千万円に向けさせておいて、犯人たちは、逃亡する気ではないか。そんな気がして仕方がない」

と、十津川は、いった。

「とすると、夜が明けたら、犯人は、五千万円を要求してきませんか？」

「犯人たちが、逃亡を図っていれば、もう、要求はないだろう」

「しかし、ツェッペリンNTワンは、どうやら、北海道から、引き返そうとしています
し、ハイジャックされたままですが」

13

午前六時五〇分、函館発の特急「スーパー白鳥10号」に、十津川と、亀井は、乗り込んだ。津軽海峡線の始発である。

車内から、三沢基地の前田に電話をした。

「現在、ツェッペリンNTワンが、どこにいるか、わかりますか？」

十津川が、きくと、

「レーダーで、確認したところ、現在、飛行船は函館の近くに、停止しています。町から、二キロ離れた地点です」

「そこに、停止しているんですね？」

「上空五百五十メートルで、停止しています。こちらでは、理由は、わかりません」

「動き出したら、すぐ、教えてください」

と、十津川は、頼んだ。

列車が、動きだしたとたんに、前田から電話がかかってきた。

「ツェッペリンNTワンが、午前七時ジャストに動き出しました。方向は、南。津軽海峡です。スピードは、相変わらず、時速三十キロ」

前田の電話が終わると、西本から、連絡が入った。

「青森行のフェリーが、定時に、出港しました。青森着は、午前一〇時四〇分の予定です」

「出港したのは、何時だ？」

「午前七時です」

「やっぱり、そうか」

「何がですか？」

「今まで、函館の郊外の上空に停止していたツェッペリンNTワンが、午前八時ジャストに、動き出しているんだ」

「ちょっと待ってください。甲板に出てみます」

西本は、電話をつないだまま、そういった。五、六分近くたってから、

「今、視界に、ツェッペリンNTワンが、入ってきました。相変わらず、美しい船体で、朝日に光っています」

「ツェッペリンNTワンのスピードは？」

「こちらのフェリーと、ほぼ同じスピードですね」

「犯人たちが、指示して、飛行船のスピードを、抑えさせているんだ」

「とすると、犯人が、このフェリーに乗っている可能性が、ありますね？」

「大いにある」

「フェリーが、青森に着くのは、三時間四〇分後ですから、船内を、徹底的に調べますよ。容疑者が、見つかったら、拘束します。期待していてください」

14

午前八時五一分。

十津川の乗った特急「スーパー白鳥10号」が青森に着いた。

ホームに降りると、すぐ、十津川は、フェリーの西本に電話した。

「容疑者は、乗っていたか？」

「懸命に捜しましたが、まだ見つかっていません」

「ツェッペリンNTワンは？」

「フェリーの斜め前方を飛行しています。スピードは、依然として、時速三十キロぐらいで、フェリーと並走している感じです」

「ゴンドラのなかの様子は、わかるか？」

「双眼鏡で、見ているんですが、よくわかりません」

「よくわからないというのは、どういうことだ？」

「アテンダントの女性が、時々、窓から外を見ていたりしますが、二人残った乗客のほうは、姿を見せません。疲労から、キャビンに、横になっているのかもしれませんが」

「二人とも、見えないのか？」

「ゴンドラの窓を注視しているんですが、二人の乗客の姿は、見えません。ですから、疲れて、横になっているのではないかと」

「具合が悪ければ、犯人に、医者に診せろと要求しているはずだ。パイロット二人は、確認しているのか？」

「コックピットに、二人いるのは、確認できました」

と、西本が、いった。

十津川は、ツェッペリンＮＴワンのコックピットに電話をかけた。

「ゴンドラ内で、何か変わったことは、ありませんか？」

と、きくと、副操縦士の三浦が、

「ありません」

と、ぶっきら棒に、答える。そのいい方が普通ではなかった。

「犯人から、多くを話すなと命じられているのですね。では、こちらがきくことに、イエス、ノーだけで、答えてください。乗客二人が、消えましたね？」

「イエス」

「パラシュートで、脱出したんですね？」

「イエス」

「相談はなかったんですね？」

「イエス」

「夜の間に、脱出した？」

「イエス」

「二人のその後は、わからない？」

「イエス」

「了解しました」

と、いって、十津川は、電話を切った。

すぐ、東京の捜査本部から、電話が入った。

「ジャパン天空株式会社から、電話がありました。午前九時に、犯人から、電話があって、身代金五千万円は用意できたかと、きかれたので、夜間なのでできなかったと、答えたそうです。犯人は、銀行に連絡し、早く、五千万円を作れ。十二時に、また電話するといって、切ったそうです」

田中刑事が、教えてくれた。

十津川も、亀井も、新たな身代金の要求は犯人の陽動作戦とみていた。

違うのだろうか？

第七章　嵐のち快晴

1

　十津川は、犯人から、ジャパン天空株式会社に、かかってきた電話について、詳しく調べることを求めた。

　犯人から、電話がかかってきて、五千万円の身代金を要求した。その電話がどこからかかってきたものか、十津川は知りたかったのである。

　その結果、犯人の電話は、携帯を使ったもので、発信地は、世田谷エリアと判明した。

　犯人、あるいは、共犯といってもいいのかわからないが、電話した時、間違いなく東京都内にいたということである。一方、北海道まで飛んだツェッペリンNTワンは、なぜか、今、津軽海峡を越え、出発地点の東京に向かっているように見える。まるで、ここにきて、犯人たちは、すべてを、東京に収斂(しゅうれん)して、そこで、終止符を打とうとしているようにも、見える。しかし逆にいえば、警察の注意を、東京に集めておいて、逃亡しようとしているのではないかとも、取れるのだ。

津軽海峡を渡った後、ツェッペリンNTワンは、スピードを上げて、時速五十キロから六十キロで、南に向かって、飛行を始めたという情報が、入ってきた。

十津川と亀井は、西本たちに、ツェッペリンNTワンを追う形で、南下するように命じておいて、急遽、青森空港から、飛行機で、東京に戻ることに決めた。

二人は、タクシーを、青森空港へ飛ばし、九時四〇分発、羽田行の飛行機に、乗ることができた。羽田着は、一〇時五五分である。

十津川は、羽田空港からまっすぐ警視庁に戻ると、まず三上本部長に、経緯を報告した。

その直後、西本から、電話が入ってきた。

「現在、東北自動車道の十和田付近を、走っています。頭上を、ほぼ同じスピードで、ツェッペリンNTワンが、これも、東北自動車道に、沿って、南下しています」

「ツェッペリンNTワンのパイロットには、連絡をとったか？」

「ええ、とりました。犯人から、東北自動車道に沿って、東京に戻れと、命令されたそうです」

やはり犯人は、ツェッペリンNTワンを、東京へ戻そうとしているのだ。

現在、時速五十キロから六十キロのスピードで、南下しているというから、午後五時頃には、東京の上空へ、現れるだろう。

一方、十二時ジャストに、ジャパン天空株式会社の社長室の電話が鳴った。

秘書の佐藤が、電話に出る。

「身代金五千万円は、用意できたか？」

と、男の声がいった。

「用意した。どうすればいい？」

「そうだな。身代金の受け渡しは、午後五時まで延期しよう」

と、いきなり、犯人が、いった。

「どうして、午後五時なんだ？」

「今、お宅の大事なツェッペリンＮＴワンが、東北地方を時速五十キロから六十キロで、南下中だ。このまま順調にいけば、午後五時頃には、東京上空に達する。日本に一隻しかないツェッペリンＮＴワンを見ながら、身代金五千万円の受け渡しを、しようじゃないか。そうすれば、お宅も、警察も、こちらを、どうこうするようなことは、しないだろうからね。だから、午後五時だ」

そういって、犯人は、電話を切った。

十津川は、犯人と、ジャパン天空株式会社との間で交わされた、身代金の要求の交信を、全部揃えて、順番に、きいてみることにした。

第一回の身代金の要求。第二回の、同じく身代金要求。その間の、ツェッペリンNTワンのパイロットに対する指示などは、すべて、同じ男の声に、きこえた。落ち着いた中年の男の声である。その男の最後の声は、第三回の、五千万円の要求の電話だった。ゴンドラには、二人の乗客と、パイロット二名、そして、アテンダント一名の五人が乗っていた。

その五人分の身代金、一人当たり一千万円、全部で、五千万円を要求してきた。

声は、最初の犯人の声と、同じものだった。落ち着いた、中年の男の声である。

それが、次から、声が違った。もちろん、犯人の声が、変わったからといって、それだけで、おかしいということは、いえない。

十津川は、今回の犯人は、少なくとも六人いると考えていた。飛行船に乗っていた乗客の一人が、犯人なら、七人になる。

だから、脅迫の声が、変わったとしても、それだけでは、おかしいとはいえないのだ。

十津川が、引っかかったのは、次の二点である。

第一は、身代金を要求する相手だった。第一回でも、第二回でも、犯人は、招待客七人を人質と考え、人質の会社に、身代金を要求している。

ところが、今回は、この二人の乗客は、昨夜のうちに、パラシュートで、ゴンドラから、脱出してしまっている。それなのに、今日正午の電話で、犯人は、依然として、五人分、五千万円の要求を変えていない。この二人のうちの一人は、共犯と、十津川はみている。当然、犯人たちは、パラシュート脱出のことを、知っているはずである。犯人は、知らぬふりで、五千万円という金額を変えずにいるのか、それとも、本当に知らないのか。

第二は、わざわざ、身代金の受け渡しの時間を引き延ばし、ツェッペリンＮＴワンが、東京上空に、くるまで待とうと、いったことである。

犯人はなぜ、何のために、ツェッペリンＮＴワンが、東京上空に、戻ってくる午後五時まで、待つといったのだろうか？

その答えとして、十津川は、少し、とっぴな理由を考えた。

それは、正午に電話してきた犯人が、ハイジャックしたツェッペリンＮＴワンを、まだ自分の眼で見ていないのではないかということだった。

実物の、ツェッペリンＮＴワンを、見ることができれば、身代金五千万円を、要求する実感が湧いてくる。

そう思って、午後五時に、延ばしたのではないのか？

今まで、犯人たちは、地上から、ツェッペリンＮＴワンの動きを監視する一方、双発機で、空中からも、監視していた。

その双発機が故障した後は、双発機に乗っていた連中も、今は、自動車で、ツェッペリンＮＴワンを監視しているはずである。

犯人たちは、最初から、ずっとツェッペリンＮＴワンを監視しながら、第一回、第二回と、身代金を、要求してきたのである。

したがって、犯人たちが、引き続き、身代金を、要求するのなら、ツェッペリンＮＴワンが、東京上空に現れるまで、待つ必要はないのだ。

想像をたくましくすれば、五千万円を要求した今回の犯人は、今までの犯人とは、別のグループではないのか？

しかし、引き続き、ツェッペリンＮＴワンを人質に、取っているところをみれば、犯罪が、引き継がれたのではないかという思いが、浮かんでくる。

あるいは、今までの犯人グループが、新しい犯人グループに、ツェッペリンＮＴワンという人質をゆずったのではないのか？

これまでの犯人たちが、日本に一隻しかないツェッペリンＮＴワンに、プラスティック爆弾を仕掛け、乗客を人質に取って、身代金を要求してきた。それが成功して、六億円の大金を手に入れた。後は、逃げるだけである。

そのためには、時間が、欲しい。

そこで、空中に浮かんでいる十六億円といわれる飛行船の人質を、新しい犯罪集団に、ゆずり、彼らに、警察の目を引きつけておいて、自分たちは、さっさと姿を消そうとしているのではないのか？

十津川は急遽、西本たちに、連絡を取った。

「今、どこだ？」

と、十津川は、まずきいた。

西本が答える。

「まもなく、盛岡です」

「すぐ、その近くの、サービスエリアに入れ」

「二台ともですか？」

「そうだ。二台ともだ」

「しかし、サービスエリアに、入っている間に、肝心のツェッペリンＮＴワンとの距離が、開いてしまいますが」

「構わん。とにかく、二台ともサービスエリアに入り、君たちは、車を降りて、この電話を通じて、君たちの意見をきかせてもらいたいんだ」

五分後、西本から、十津川に、電話が入った。

「今、矢巾のパーキングエリアに、二台とも入りました。全員を、こちらの車両に移しました。全員で、警部の電話をきいていますから、現在、どのような状況なのか、説明してください」

「犯人が、ジャパン天空株式会社に、電話してきて、新たに身代金を、要求してきたことは、知っているね？」

「ええ、知っています」

　そこにいる刑事を代表する形で、西本が答える。

「その時、ツェッペリンNTワンの、ゴンドラにいる乗客二人、パイロット二人、アテンダント一人。この五人について、一人一千万円を、犯人が要求したんだ。合計、五千万円。これを、全額、ツェッペリンNTワンを所有しているジャパン天空株式会社に、要求した。そして、十二時にもう一度電話をするといった。さっき、犯人から、ジャパン天空株式会社に電話があった。声が違っている上に犯人は、午後五時になると、ツェッペリンNTワンが、東京上空に現れる。それを待って、身代金の受け渡しをしたい。午後五時にもう一度電話する。そういって犯人は、電話を切った。つまり、犯人がいいたいのは、ツェッペリンNTワンという現物を、目の前に置いてから、身代金の受け渡しに、入りたいということだが、この犯人の、電話について、君たちが、どう思うか、それをまずききたいんだ」

　と、十津川が、いった。

「犯人は、脅しの手段として、ツェッペリンNTワンを使いたいんでしょう。だから、東京へくるまで、待つことに、したんじゃありませんか？　何しろ、ジャパン天空株式会社は、十六億円もの大金でツェッペリンＮＴワンを買ったわけでしょう？　それが、目の前に浮かんでいれば、ジャパン天空株式会社は、嫌でも、五千万円の身代金を払うだろう。犯人はそう読んで、わざわざ、東京上空に、ツェッペリンＮＴワンが現れるまで、身代金の受け渡しを、待つことにしたんじゃありませんか？」

と、いったのは、日下刑事の声である。

「確かに、理由のひとつにはなる」

と、十津川は、いったあとで、

「しかし、今まで、犯人は、身代金の受け渡しを、引き延ばすなんてことは、なかった。それは、犯人たちが、車と双発機にわかれて、絶えず、ツェッペリンＮＴワンを、監視していたからだと思う。それを考えると、今回電話してきた犯人は、ひょっとすると、まだ、ツェッペリンＮＴワンを見たことが、ないんじゃないだろうか？　だから、ハイジャックしているのに、実感が湧かないんじゃないだろうか？　それで、わざわざ、身代金の引き渡しを、遅らせ、ツェッペリンＮＴワンが、東京に現れるのを、待つことにしたんじゃないかと、私は、思うんだよ」

「それでは、今までの犯人とは、まったく別の、犯人ということですか？」

「そうだ。別の犯人グループなんだよ。そう考えると、明らかに、最初の犯人グループから、新しい犯人グループに、ハイジャックが引き継がれている」

「もし、警部がいわれるとおりだとすると、大変ですよ。私たちが、車で、ツェッペリンNTワンを東京まで追っていく。東京で、身代金五千万円の受け渡しがおこなわれる。その間に、六億円もの、大金を手に入れた犯人たちは、さっさと、どこかに、逃げてしまうかもしれないじゃありませんか」

「だから、君たちに、急遽、サービスエリアに入ってもらったんだ」

「もし、警部のいわれるとおりなら、こうしている間にも、犯人たちは、どこかに、姿を消してしまいますよ」

「それが怖いんだ。犯人たちは、すべての目を、東京に、向けさせようとしている。いや、正確にいえば、東京上空に、飛んでくるツェッペリンNTワンに向けさせようとしている。その間に、犯人たちは、どこかに逃亡する」

「そういえば、思い当たることがあります」

と、西本が、いった。

「私たちは、今朝午前七時函館発、青森行のフェリーに乗船しました。そのフェリーに並走する格好で、ツェッペリンNTワンが、青森方向に向かって飛行しているので、てっきり、犯人たちも、同じフェリーに乗っていて、ツェッペリンNTワンを監視しているのだろうと思い、船内を徹底的に調べたのですが、それらしい車も、人物も見当たりませんでした。今から考えると、犯人たちは、飛行船のパイロットに、津軽海峡を越えて、東京に向かえと、指示しておいて、自分たちは北海道に、とどまったのかもしれません」

「その可能性は、充分にある」

「犯人たちは、すでに、逃亡してしまったと、警部は、思われますか？」

「昨夜のうちに、ツェッペリンNTワンから、最後の乗客二人が、パラシュートで脱出した。これで、犯人はすべて、飛行船の外に、いることになる。どこに、逃げるのも、自由なんだ。そして、今も逃げていると、私は思っている」

「ゴンドラに残っていた二人の乗客ですが、どちらが犯人だと、思って、いらっしゃったんですか？」

「もちろん、建設会社の遠山社長だ」

「それなのに、どうして、二人とも、パラシュートで、脱出してしまったのでしょうか？　遠山建設の遠山社長が犯人の一味ならば、彼一人が、飛び降りたらいいのではないでしょうか？」

　三田村刑事が、きく。

「一人だけ逃げれば、文字どおり、自分が、犯人の一味だと示すことになる。だから、もう一人のRテレビの島崎社長も連れて、パラシュートで、脱出したんだ。それに、R

テレビの、島崎社長を、いざという時の、人質に使うつもりでいるのかもしれない」

「また人質ですか?」

「もうひとつ考えられるのは、遠山社長が、昨夜、パラシュートを使って、脱出しようとした時、Rテレビの社長の島崎が、俺も、一緒にいくといったのではないかな? そうなると、自分一人だけ、脱出することが、できなくなった。拒否したら怪しまれるからね。それで仕方なく、島崎社長も一緒に、パラシュートで、脱出したのかもしれない。どちらの理由にせよ、現在、Rテレビの島崎社長が、犯人たちの、人質になっていることは、間違いない」

十津川が、いった。

「問題は、今、犯人たちが、どこにいるかということなんじゃ、ありませんか?」

北条早苗刑事が、いう。

「そのとおりだが、残念ながら、どこにいるかは、特定できない。そこで、昨夜から今朝にかけて、何があったかを、検証してみようじゃないか。ツェッペリンNTワンを、飛ばしている二人のパイロットの話によると、昨夜、北海道の、苫小牧付近を飛んでいる時、突然、飛行船が、下降を始めた。それまで、ずっと六百メートルの高度を維持して飛んでいたのに、突然、三十メートル降下し、次に、二十メートル。五百五十メートルまで降下してしまった。

それで、二人の乗客、Ｒテレビの島崎社長と、建設会社の遠山社長の二人が、騒ぎ始めた。五百メートル以下に、降下した場合は、ゴンドラの底に取りつけられたプラスティック爆弾が、爆発してしまう。二人のパイロットも、必死になって、船体を、上昇させようとしたが、なぜか、うまくいかない。そこで、二人の乗客の、どちらが、先にい い出したのかわからないが、とにかく、重い荷物を、どんどん捨てよう。そうすれば、高度を、保てるのではないか？　そういって、四億二千万円の身代金を、必死だから、惜しいとも、思わずに、ゴンドラの外に、捨ててしまった。

今になって、考えてみると、飛行船の高度が、急に下がったのは、犯人が、操作したんじゃないかと、私は、思っている。あるいは、問題のゴンドラに残っていた、遠山社長が、なにかしたのかもしれない。全員を慌てさせ、四億二千万円の身代金の包みを、ゴンドラから、外に放り投げさせたんではないだろうか？　たぶん、その時、ツェッペリンＮＴワンの真下に、犯人たちが所有している牧場でもあったのではないか？　一見、助かりたいために、むちゃくちゃに、札束を放り投げたように見えて、実際には、犯人たちが、所有している牧場に、落としたと考えると、最初からすべてが、計画されていたことになる。第二回の身代金、四億二千万円は、一番安全な場所に置かれていたんだ。

その日の夜の間に、今度は、遠山建設の、遠山社長と、Ｒテレビの島崎社長が、パラシュートで、ゴンドラから脱出した。飛行船が函館に、引き返してくる途中のどこかで、飛び降りたんだが、その場所も、おそらく、犯人たちは、前もって、決めていたんだと思うね」

しかし、今から、西本たちを、北海道へ引き返させるには、飛行機の便がない。列車を、利用するしかないとすると、苫小牧に着くには、八時間以上も、かかってしまうのだ。

いや、連絡がうまくいかないと十時間は、優にかかってしまうだろう。

それなら、今、東京にいる十津川と亀井が、羽田から、飛行機で、北海道に向かったほうが、早いのである。

十津川はすぐ、西本たちに、指示した。

「君たちはこれから、ツェッペリンNTワンを追う形で、東京へ向かってくれ。ツェッペリンNTワンが、東京上空に到着した頃、つまり、午後五時に、犯人が、もう一度、ジャパン天空株式会社に、電話して、五千万円受け渡しを要求するはずだ。これは、最初の犯人グループの、陽動作戦に違いない。ツェッペリンNTワンをハイジャックした犯人たちから、ハイジャックを譲られた別のグループが、五千万円を要求していると、私は思っている。君たちが、うまく、処理してくれれば、簡単に、この犯人たちは、捕まえられると、確信している。私と亀井刑事は、これから、飛行機で北海道へ向かう」

2

十津川は、亀井と二人、急遽、羽田空港へ急いだ。

羽田発、一三時ちょうどの、全日空六五七便に間に合った。これで、一四時三五分に、新千歳空港に、着く。

十津川は、出発する前、上司の三上本部長に、北海道警への捜査協力依頼を頼んでおいた。

現在、北海道警に、頼みたいことが、三つあった。

ひとつは、苫小牧の先、いわゆる、日高地方に、犯人たちのものとおぼしき怪しい、牧場がないかどうか？

二つ目は、十津川は現在、容疑者として、八名の人物を考えているが、その八名が、北海道の空港、あるいは、港から海外へ逃亡しようとしていないかどうかを、調べてもらうこと。

第三は、昨夜のうちに、飛行船から、パラシュート降下をした二人、Rテレビ社長の島崎幸彦と、建設会社の社長、遠山和久、この二人を、見つけ次第、拘束してもらいたいこと。この三つである。

三上本部長から、北海道警にうまく伝わっていれば、この三つの捜査が、すでに、北海道警で始まっているはずである。

一四時三五分、二人の乗った全日空六五七便が、新千歳空港に着いた。

空港には、北海道警の、内藤という警部が、迎えに、きてくれていた。

「飛行場の端に、道警所有のヘリを待たせてありますので、それに乗ってください」

内藤に案内されて、二人がヘリに乗り込むと同時に、エンジンが、かかった。ヘリが上昇する。

「現在、道警は、全力を挙げて、警視庁から要請のあった日高地方の牧場を、一つ一つ、当たっています。これから、ヘリで、上空から、その現場を、見にいきますが、怪しい牧場が、見つかれば、こちらに、連絡してくるはずです」

と、内藤が、いった。

日高上空に入ると、大小の牧場が点在しているのが見えた。

その牧場の、緑のゆるい起伏の上を、道警のパトカーが、走り回ったりしているのが見えるのだが、一向に、マークする牧場が見つかったという報告は、ヘリに、入ってこなかった。

その間、ヘリは、日高上空を、大きく旋回しながら、連絡を待っていた。

十五、六分も、日高地方の上空を、ゆっくりと旋回しただろうか。やっと、それらしい牧場が見つかったという知らせが届き、急遽、ヘリは、そちらに向かって、スピードを上げた。

　地上の一点に、二台の、道警の、パトカーが停まり、大きな円を描く形で、刑事たちが、手を振っているのが見えた。

　ヘリは、その真ん中に着陸した。

　ヘリから飛び出すと、内藤が、そこにいた刑事たちに、向かって、

「この牧場の、どこがおかしいんだ？」

「この牧場の、持ち主は、一カ月前、経営が、うまくいかなくなって、売りに出しました。それを、東京の建設会社の社長が買ったんですが、一向に、家畜などを飼おうとしませんし、何もしないで、現在に、至っています。隣の、牧場主にきくと、購入した建設会社の社員が、きている様子も、まったくなかったというのです。ところが、三日前から、急に、住居に灯りが点き、何かやっているように、見えた。今日になって、また、人の姿が消えてしまった。そう、いっているんです」

「東京の建設会社社長が買ったといいましたが、何という、建設会社ですか？」

　十津川が、きいた。

「確か、遠山建設という名前の会社です」

　道警の刑事が、答える。

「当たりです！」

思わず十津川は、大声を出した。

「当たりとは、何ですか？」

内藤が、きく。

「遠山建設というのは、私たちが犯人としてマークしている一人が、社長をやっている会社です」

十津川が、叫ぶようにいった。

三人は、牧場の端に、造られた家のなかに、入っていった。すでに、人の気配は、ない。

なかにいた刑事が、内藤警部に、向かって、

「少なくとも二人の人間が、一時的に、ここで過ごしていたと思われる形跡が、あります。ここで発見されたものは、寝袋二つ。電器ストーブ。これも二台。それから、電気コードが、全部で約五十メートル。それから、かなり明るいと思われるライトが五十個です。五十メートルの電気コードには、今申しあげた五十個のライトが、一メートル間隔で繋いでありました。スイッチを入れると、いっせいに五十個のライトが、点灯するものと、思われます」

「おそらく、それが地上からの合図だったんだ」

内藤が、いった。

牧場のなかで五十個のライトを点滅させ、ツェッペリンNTワンの、ゴンドラに乗っていた、犯人一味の遠山和久に、地上からサインを送ったのだろう。その灯りに向かって、いっせいに、ゴンドラから四億二千万円の札束が、投下されたのだろう。

「ここにいたのは、二人とみていいのかね？」

と、内藤が、きく。

「寝袋などが、すべて、二つ見つかっていますから、二人いたとみていいと、私は思っています」

捜索している刑事の一人が、答えた。

「ほかに、気がついたことは？」

「四輪駆動の車を、走らせていたことが、わかりました。牧場のなかに、縦横に、タイヤ痕が見つかりました。車を使って、何かしていたことは、間違いありません」

「その二人だが、今どこにいるか、わからないか？」

「行方を追うべく手配をすませたところです」

と、刑事が、答える。

「ここを、売りに出した人は、いくらで売り出して、遠山和久は、言い値で、買ったんですか？」

十津川が、きいた。

「調べたところ、前の持ち主は、牛などをすべて、処分した後、土地だけを、売りに出しています。売値は三千万円。それを、遠山和久が、千八百万円で買っています。しかし、さっきも、申しあげたように、家畜を飼う気配がない。ところが、三日ほど前から、突然、二人の男がここに住みつくようになり、寝袋を使い、ライトを使い、それから、四輪駆動の車を使って、何かお祭りでもしたんでしょうか」

「四億二千万円のお祭りですよ」

「え？」

「牧場の所有主の、遠山建設には、連絡を取ったか？」

内藤が、きく。

「何回も電話を、してみましたが、相手は出ません」

刑事の一人が、いった。

十津川と亀井は、再び、内藤警部と一緒にヘリに乗り、新千歳空港へ引き返した。

空港署に、道警が、指揮本部を設けておいてくれた。

そこには、十津川が、三上本部長を通して、道警に頼んでおいた、ほかの二つの捜査の結果も、報告されてきていた。

そのひとつ、犯人たちが、六億円の身代金を持って、国外に、脱出したかどうかの、判断である。

道警が、調べたところでは、今のところ、国際空港や、あるいは、港から、国外に出国した人のなかに、十津川が、指名した八人の名前は、見当たらないということだった。ただし、出国の手続きをせずに、北海道内の港から、出航した外洋ヨットについては、まだ、調べていない。

第二は、昨夜のうちに、苫小牧と函館の間で、パラシュートを、使ってツェッペリンNTワンのゴンドラから飛び降りたと思われる二人、Rテレビ社長の島崎と、遠山建設の遠山社長、この二人について、捜査を、依頼していたのだが、こちらのほうは、島崎幸彦と思われる死体が、発見されたというニュースが、飛び込んできた。

発見されたのは、室蘭本線の萩野駅の近く、幹線道路から、五キロほど入った原野のなかだという。

十津川たちの乗ったヘリは、最初、室蘭本線の線路に、沿って飛び、萩野の上空から幹線道路を、横切って、雑草の生い茂る原野に向かった。道警のパトカーが、見えてくる。ヘリが、ゆっくりと、降下していった。

着陸すると、十津川と亀井、そして、内藤警部が、パトカーに向かって走った。

パトカーのかげに、男の死体が、仰向けに、横たえられていた。その顔に、十津川は、見覚えがあった。写真で見たRテレビの社長、島崎幸彦の顔である。

死体は最初、雑草のなかに、埋もれていて、発見しにくかったという。やっと発見した時は、すでに、死亡していて、首には、ロープが、巻かれていた。

「この近くで、パラシュートは、見つからなかったか？」

内藤が、きく。

「ここから、十メートルほど離れた場所に、パラシュートが、落ちていました」

しかも、その近くで、もうひとつの、パラシュートが、発見されたという。

死体の両手足には、骨折の形跡がない。ということは、パラシュート降下には、成功したのだ。

たぶん、遠山建設の遠山社長も、パラシュート降下には、成功したのだろう。

想像すれば、島崎は、まさか、遠山が、犯人の一味だとは、知らずに、無事に、着地できたことを二人で、喜んでいたのではないか？　その時、遠山が、島崎の後ろに回り、ロープで、首を絞めたのだろう。

死体を、発見した後、道警の刑事たちが周辺を探したが、遠山社長は、見つからなかったという。

「遠山は、車を使って、逃亡したと、思いますね」

十津川が、内藤に、いった。

「誰の運転する車で、ですか？」

「さっきの牧場には、二人の仲間がいたと思われます。そこで、ゴンドラから四億二千万円が落とされたのを、回収し、四輪駆動の車に積み込んで、さっき見た幹線道路を、走ってきたんじゃないかと、思うのです。ここで、上空のツェッペリンＮＴワンに、合図を送り、それを見て、遠山社長と、島崎社長が、パラシュート降下をした。それを、地上の二人が待っていたということじゃないかと思いますね」

「ほかにも、共犯者が、いたわけでしょう？　その人間は、どうしたと思いますか？」

「たぶん、ここを最初から集合場所にしてあって、全員が集まったのではないかと、私は、思いますね。ここから、全員でどこかへ逃亡したんです」

十津川が、いった。

この場所にきていた道警の刑事たちは、それを、裏付けるように、合計三台の車のタイヤの痕が、発見されたといった。一台は、国産の四輪駆動車のタイヤ痕、二台目は、アメリカ製と思われる大型のキャンピングカーのタイヤ痕、三台目は、国産の中型乗用車のタイヤ痕である。犯人たちは、この三台の車に分乗したのだ。問題は、彼らが、どこに、向かったかということである。

「ここからいちばん近い、空港なり、港はどこですか？」

十津川が、きいた。

「空港はもちろん、新千歳空港です。港といえば、室蘭港でしょうね」

内藤が、教えてくれた。

犯人たちが、自分たちの、ジェット機を持っていて、それで逃亡したとは考えにくい。新千歳空港から、外国へ出発した人のなかに、容疑者たちの名前は、なかったからである。

とすれば、室蘭港のほうが、怪しい。

「室蘭港に案内してください」

十津川は、内藤に、いった。

3

午後五時十五分前。長旅に耐えたツェッペリンNTワンは、全長七十五・一メートルの、優雅な姿を、東京上空に現した。

同時に、ツェッペリンNTワンを追ってきた、西本たちも、二台の覆面パトカーで、東京都内に入っていた。

西本たちは、まっすぐ、ジャパン天空株式会社に、向かった。

午後五時に、なれば、犯人が、電話してくると、考えてのことだった。

何とか、午後五時に間に合って、西本たちは、ジャパン天空株式会社の、社長室に入れてもらった。

午後五時ジャストに、社長室の電話が、鳴った。

西本が、秘書の、佐藤に代わって、受話器を取った。十津川がいうように、ハイジャックの人質を、犯人たちから、譲られた新しい犯人たちだとすれば、佐藤秘書の声も、わからないはずである。

「社長秘書の佐藤ですが」

と、西本が、いうと、電話の男は、

「窓から外を見ろ。お前のところの、ツェッペリンNTワンが、上空に見えるはずだ」

と、いう。

「見えてますよ」

「今、ツェッペリンNTワンは、上空で、停止している」

「見ましたよ。そちらの要求を、きかせてください」

「要求は、前から、いっているだろう。五千万円の、身代金だよ」

「もちろん、払いますよ。五千万円は、用意しました。その前に、君たちは、あのゴンドラの底に、プラスティック爆弾を、仕掛けた。高度が、五百メートル以下に下がると自動的に爆発すると脅した。その、爆破装置の解除の方法を教えてくれ。さもなければ、五千万円は、支払わない」

「その前に、身代金を払うんだ。払えば、解除の方法を、教えてやる」

「駄目だ」

西本は、わざと、強気にいった。

「爆破装置の解除が、先だ。さもなければ、五千万円は支払わない」

「人質が、死んでもいいのか。あのツェッペリンＮＴワンには、五人の人質が、乗っているんだ。われわれが、爆破装置の、ボタンを押せば、五人の人質は、たちまち、あの世いきだぞ。それでもいいのか？」

西本は、送話口を押さえて、小さく笑った。どうやら、この犯人は、昨夜のうちに、乗客二人が、パラシュート降下をしたことを知らないらしい。それを教えられていないのだ。

「駄目だ。まず、爆破装置の解除の方法を、教えろ。そうすれば、すぐに、五千万円は払う」

「五人の人質が、死んでもいいのか？」

「ああ、構わない。その代わり、そっちだって、五千万円を手にすることは、永久に、できないぞ」

西本が、脅した。

相手は、黙ってしまった。

どうしたらいいか、判断がつかないのか、それとも、爆破装置の解除方法を、教えて、もらっていないのか。

「どうしたんだ？　五千万円はいらないのか？」

西本のほうから返事を促した。

「よし、では、こうしよう」

と、男の声が、いった。

「用意した五千万円を、ルイヴィトンの、Ｂ二〇〇という、ボストンバッグに、詰めろ。詰めたら、それを持って、お前が、社長の車に乗り、こちらの指示どおりに動くんだ」

と、男が、いった。

まるで、誘拐事件の、教科書をたどっているようないい方に、自然に、西本の顔に、苦笑が浮かんだ。

「そっちの指示どおりに、動いてやるが、君たちは、すでに、六億円もの身代金を、手に入れている。その上、殺人事件まで、起こしているんだ。そのことは、もちろん、承知の上だろうね？」

「六億円とか、殺人とか、何のことだ？」

「五千万円ではなくて、六億円だよ。こちらは、すでに、それだけの金は、払っている。その上、君たちは、殺人事件も起こしているんだ。いいか、君たちが、逮捕されたら、まず、死刑は免れられない。それを承知しているのかと、きいているんだ」

男はまた、電話の向こうで、黙ってしまった。どうやら、そういうことも、教えられていないらしい。

「畜生！」

小さく、叫ぶのが、きこえた。

「今の話は、本当だろうな？」

と、相手が、きく。

「犯人なのに、どうして、知らないんだ？　六億円の身代金を、奪ったことも、殺人を犯したことも、君たちが、やってきたことじゃないのか？　それとも、違うのか？」

相手は、また黙ってしまった。

「やっぱり、こちらが、想像したとおりだな」

と、西本が、いいながら、

（これはどうやらこっちの勝ちだな）

と、思った。

「想像したとおりって、何のことだ？」

「今回のハイジャック事件には、別の犯人がいる。そいつらは、すでに、六億円もの身代金を巻き上げ、殺人も犯している。連中は、二つの犯罪を、君たちに、押しつけようとしているんだよ。そっちは、ツェッペリンNTワンを、ハイジャックしてあるから、相手は、いいなりだ。五千万円くらい要求したって、すぐ、払ってくれる。そういわれたんじゃないのか？　しかし、そんなに、世の中、甘くはないぞ。犯人たちは、君たちに、今もいったように、ハイジャックの責任、殺人の責任を、取らせようとしているんだ。自分たちは、六億円もの大金を手に入れて、逃げようとしている」

「畜生！」

また、電話の向こうで、男が叫んだ。

「こっちの、提案をいおう。君たちが犯人逮捕に、協力してくれれば、警察は、報奨金を渡す。そして、君たちが、五千万円を要求したことも忘れてやる。まだ何も実行されていないからな。それでどうだ？」

西本が、いった。

「報奨金は、本当に、出るのか？」

「もちろん出る」

「いくらだ？」

「今回の事件の被害者は、すべて、大企業の社長や、女優さんだ。犯人逮捕に、君たちが協力したとわかれば、そうだな、最低でも、一千万円くらいの報奨金は、出るはずだ」

「どうしたらいい？」

「まず、今、上空を、飛んでいるツェッペリンNTワンに、犯人たちは、爆破装置を、取りつけた。解除する方法を、教えるんだ。その方法は、犯人が、君たちに、教えたはずだ」

「俺たちが、教えられたのは、こういうことだ。まず、百五十ヘルツの、電波を送る。そうすると、ツェッペリンNTワンのゴンドラの底に取りつけた、発信器が反応する。そうしたら、暗号数字を送る。暗号数字は、七、五、一。そうすると、爆破装置は、解除されると教えられた」

「間違いないんだろうね？」

「ああ、間違いない。もちろん、連中が、俺たちに、デタラメを教えていたのなら、俺たちの責任じゃない」

「わかった。そのとおりにやってみて、もし、失敗したら、報奨金は、ゼロだ」

と、西本が、いった。

西本は、そのまま、佐藤秘書に伝えた。

佐藤は、不安げに、

「間違っていたら、どうなるんですか？」

と、きく。

「間違っていないと思って行動したほうが、いいと、思いますね。このまま、放っておくと、そのうちに、上空の、ツェッペリンNTワンは、五百メートル以下に、降下してしまうかもしれませんよ」

佐藤秘書は、社長に相談し、教えられたとおりのことを、実行することになった。

まず、ツェッペリンNTワンの、パイロットに、佐藤は、電話をかけた。

機長の井川が、受話器を、取る。

「佐藤だ。今から、ゴンドラの底に、取りつけられた爆発物を処理する。何か異変があったら、すぐ、知らせてくれ」

そういってから、まず、百五十ヘルツの電波を送った。

「どうだ？」

佐藤が、きく。その顔が蒼い。

「何か、ゴンドラの下で、小さな機械音がしました」

と、井川が、答える。

佐藤は、その次に、七、五、一という数字を、電波にして送った。

井川がまた、

「機械音が、しましたが、別に、爆発もしません」

と、いった。

「それでは、埼玉の基地に、向かってくれ」

「本当にこれで、大丈夫なんですか？」

不安げに、井川が、きく。

「大丈夫だと思って、行動してくれ。埼玉の基地に着いたら、平常どおりゆっくりと下降するんだ。私も埼玉の基地に向かう」

佐藤は、自分を励ますように、大声になった。

佐藤と西本たちは、パトカーを飛ばして、埼玉の基地に、向かった。

西本たちが、基地に着いた後、少し遅れて、ツェッペリンＮＴワンが姿を現した。

西本たちは、上空にホバリングしている、ツェッペリンＮＴワンをじっと見つめた。

これから一か八かの降下が始まるのだ。

もし、指示が、間違っていれば、高度が、五百メートルに下がった瞬間に、七十五・一メートルの船体は、爆発してしまうのだ。そして、七、五、一の数字は、わるい冗談になる。

「これから、降下します。現在五百五十メートル、五百四十メートル、五百三十メートル」

井川が、数字を読んでいく。少しふるえる声が、西本たちの耳にも、きこえてくる。

五百といった時、一緒に、行動している佐藤が、ふっと、溜息をついた。

四百九十、と井川が次の数字を読んだが、頭の上のツェッペリンNTワンは、爆発しない。

西本はやっと、胸をなでおろした。

急に、井川の声が、明るくなった。四百メートル、三百メートルと、高度が下がっていく。

ジャパン天空株式会社の、社員たちが、急に、弾かれたように、動き出した。

西本は、そうした光景を、見ながら、携帯を取り出して、北海道にいる、十津川に、連絡した。

「現在、ツェッペリンNTワンは、埼玉の基地に、降下中です。現在、高度五十メートル。爆発しません」

「よかった」

十津川が、短くいった。

「それで、五千万円を、要求した犯人たちは、まだ、逮捕していないのか?」

「逮捕は、できません」

「どうしてだ?」

「かれらと約束をしました。五千万円は、払わない。しかし、ツェッペリンNTワンが、無事に着陸できたら、五千万円を、要求したことは忘れてやる。それから、報奨金を払う。そう、約束してしまったんです。その約束を破るわけには、いきません」

「そうか。三上本部長と相談して、報奨金が出るようにしろ」

十津川は、いった。

4

十津川と亀井の二人は、道警の内藤警部と一緒に、室蘭港に、いた。

港を管理している、管理事務所にいくと、三日前から、大型のクルーザーが、港に入ってきて、桟橋に、横づけになっていたという。

長さ九十メートルの大型のクルーザーで、船名は、ビクトリー1だと、管理人は、いった。

「それが、今は、もう、いないんですよ。昨夜のうちに、出航したらしいんです。行先は、不明です」

「そのクルーザーの所有者の名前は、わかりますか？」

十津川が、きいた。

「船名は、今も申しあげたように、ビクトリー1です。こちらに提出された書類によると、この船の持ち主は、東京の、中川四郎となっていますね。確か、中川四郎という名前の、プロ野球の選手が、いたような気がするんです。身長百八十五、六センチの、立派な体格をした男ですよ」

「中川四郎という名前に、間違いありませんか？」

と、十津川は、念を押した。

「ええ、間違いありません」

その中川四郎なら、十津川が、容疑者の一人として、マークしていた名前である。問題の東北航空に、野球部があって、そこにいた男である。三十歳を過ぎていたが、プロ野球に誘われた。契約金は安かったが、敢然と、プロの世界に飛び込んだものの、たちまち肩をこわして、三年で、お払箱になった。その時には、東北航空も倒産してしまっていて、再就職も難しかった。そんな男に、大型クルーザーが買えるはずがないから、今回のハイジャックを計画した人間が、中川四郎の名前を利用したか、仲間に入れたのだろう。

「そのクルーザーには、何人、乗っていたか、わかりますか？」

「正確な人数は、わかりませんが、七、八人は、乗っていたんじゃないでしょうか」

「そして、昨夜のうちに、出港してしまったんですね？」

「ええ、そうです。今朝見たら、いませんでしたから」

「三日前から、ここに、きていたといいましたね？」

「そうですよ」

「その後、出港するまで、どんなことを、していたんですか？」

「そうですね。食料を積み込んだり、ですね。そうだ、最初ここにきた時は、二、三人しか、乗っていなかったんですよ。それからどんどんと、人数が、増えていきましたよ。昨日見たときは、七、八人になっていましたね。ずいぶんと、賑(にぎ)やかだなと思ったのを、覚えていますから」

「行先は、わからないわけですね？」

「ええ。夜中に突然、出港してしまいましたから、持ち主が、東京の人間だから、東京に戻ったのかも、しれませんね」

と、管理人が、いった。

十津川は、海上保安庁に、連絡した。

全長九十メートルのクルーザー。船名ビクトリー1。この大型クルーザーの持ち主は、中川四郎、三十六歳。元プロ野球選手。行先不明。もし見つけたら、すぐに、停船を命じ、近くの港に連行し、乗っていた人間を、確保すること。これを頼んだ。

犯人たちが、九十メートルの大型クルーザーで、どこへ向かったのかは、わからない。国内のどこか、あるいは、沖縄あたりに、向かったのかもしれないし、偽造パスポートを、全員が持っていて、そのまま、外国へ、逃亡してしまうつもりかもしれない。

十津川も、東京に引き返すと、警視庁の持っている、双発機に乗って、日本の近海を徹底的に、捜すことにした。

以前は、ＹＳ11を、使っていたのだが、現在は、アメリカから、購入した双発機である。航続距離は、最大三千キロメートル。片道千五百キロメートル。

めいっぱい、飛ぶことは危険なので、一応、千キロと、規定している。

その日から、連日、十津川と亀井は、その双発機に乗って、日本近海を捜すことを、始めた。

その間に、犯人に、ある意味、騙（だま）されてしまった、若いグループが、警視庁に、出頭してきた。二十代の、三人の男たちである。

全員が、パートの仕事をしていて、毎日、文句ばかりいっていた。そのせいで、グループが、できてしまい、２チャンネルに、こんな広告を載せた。

〈どんな汚いことでもやる。だから、金になる仕事をくれ〉

そうしたら、突然、男の声で、電話が入り、
ツェッペリンＮＴワンをハイジャックしている。しかし、急用ができて、これから、海外にいかなければならない。

これは、金になる仕事だから、あとは君たちに任せよう。

ジャパン天空株式会社が、ツェッペリンＮＴワンの持ち主だから、そこへ電話をして、

五千万円を、要求すれば、簡単に払ってくれる。なぜなら、十六億円もする、ツェッペリンNTワンが、ハイジャックされて、下手をすると、爆発してしまうことになるかもしれない。それだから、五千万円は、簡単に払ってくれるはずだ。要求してみろ。最初の電話は、こっちでかけてやる。

われわれは、ツェッペリンNTワンの、ゴンドラの底に、爆弾を、取りつけた。それを解除する方法は、まず、百五十ヘルツの電波で爆発物の発信器に、電波を送り、暗号数字、七、五、一と発信すれば、それで、爆発装置は解除される。五千万円の身代金を、手に入れたら、この暗号を、教えてやれ。

こういわれたと、三人がいった。

教わったこの方法が、失敗して、ツェッペリンNTワンが、爆発したら、すぐ、三人で、海外へ逃げるつもりだった。

ところが、新聞によると、無事に、埼玉の基地に、着陸できたというので、報奨金をもらいにきたという。

十津川は、すぐ、三上本部長に話をし、報奨金を、払ってくれるように、頼んだ。

その結果、連中が、要求した一千万円は出なかったが、五百万円は出ることになり、それを、三人に渡した。これで、こちらのほうは、片づいたのである。

そのうちに、合計十人の男女に、偽造パスポートを、作ってやったという人間を、見つけ出した。

昔、偽造の名人と呼ばれた男で、一年前に刑務所から、出てきて、もう仕事は辞めると、宣言した男が、実は、また、始めていたのである。

彼は、十津川たちが犯人と考えていた八人に加えて、二人、合計十人の、偽造パスポートを作ったと、十津川に、自供したのである。

こうなると、海外へ、逃亡した可能性が、ますます高くなる。それでも、十津川は、引き続き、海上保安庁に、捜索を頼み、自分も、警視庁の、双発機に乗って、連日、海上を捜した。

そうこうしているうちに、九十メートルの大型クルーザーを、沖縄の石垣島で見たという話が、十津川に、伝わってきた。ただし、船名は違う。ビクトリー1ではなく、ヤマトだという。

それでも、十津川と亀井は、空路、石垣島に飛んだ。

二人が、石垣島に着いた時には、すでに、問題のクルーザーは、出港してしまっていた。相変わらず、行先不明である。

石垣島からいちばん近い外国といえば、台湾である。

十津川は、外務省に頼んで、台湾政府に、逮捕協力を要請した。

「日本人十人の乗った大型クルーザー、ヤマトが、もし、そちらの港に入ってきた時は、十人を、逮捕してほしい。この十人は、日本国内で、ハイジャックを実行し、六億円の身代金を、手に入れ、偽造パスポートを使って、台湾に密航しようとしている。発見次第、ただちに、十人を拘束し、連絡していただきたい」

十津川は、容疑者として名前を挙げた人物の顔写真と、略歴を送った。

台湾政府から、十人の男女と、クルーザーを押さえ、乗組員を拘束したという、知らせを受け、十津川たちは、すぐ、台湾へ向かおうとしたが、これは未確認情報だった。

実際は、こうだった。

台湾の最南端の台南港に、日本政府から通知のあった、大型クルーザーが、姿を現したので、緊張に包まれたが、そのクルーザーは、なぜか、入港せず、港外に姿を消してしまった。当局は、ただちにヘリで追跡しようとしたが、折柄、フィリピン沖に発生した台風が、台湾方向に動き始めたということで、ヘリの出動は、中止された。

これが、真相だった。したがって、台南港に入港しようとした日本船が、十津川たちの追っているクルーザーかどうか、確認は、されていないのである。

間違いないのは、フィリピンの東方海上に発生した低気圧が、台風に、成長したことである。

「私は、台南港に入ろうとしたクルーザーは、犯人たちの乗っているヤマトに間違いないと思っている」

十津川が、亀井に、いった。

「しかし、台湾とは、近すぎますね。せっかく、大型クルーザーを手に入れたんですから、台湾やフィリピンは、パスして、タイあたりまで、逃げると思ったんですが」

「たぶん、犯人たちも、最初は、そのつもりだったと思うね。ところが、フィリピン沖に発生した台風に、行手を、さえぎられてしまい、急遽、台南港で、台風をやり過ごそうと思ったんじゃないかな。ただ、港内に、危険な空気を感じて、慌てて、入港を止めて、逃げたんだろう」

「こうなると、犯人たちは、自由に動けないいんじゃありませんか」

と、亀井が、いった。

しかし、十津川たちも、台風のために、動きがとれなくなってしまった。飛行機を使っての捜索もできないし、海上保安庁の巡視船も、台風を避けて、港に入ってしまった。

その一方、犯人グループ十人のうち、経歴のわからなかった二人について、詳細が、わかってきた。

佐伯大輔、三十八歳。渡辺元、同じく三十八歳。二人とも、遠山建設の社員である。最近、遠山社長が、経営状態の苦しさを訴え、このままでは、倒産する。そうなれば、君たちの退職金も払えない。それで、少しばかり、危険な計画を立てている。それに協力すれば、一人五千万円を払うと、社長に誘われた。二人は、この話に飛びついた。佐伯のほうは、サーフィンの趣味があり、船舶免許一級を持っているので、その点を買われたのかもしれない。この話は二人の共通の友人が、話してくれたものだった。

この二人は、おそらく、遠山社長が、今回の計画のために、あらかじめ買っておいた、日高地方の牧場に、泊まり込み、ライト五十個を使って、上空を飛ぶツェッペリンNTワンに合図を送る役割を果たしたのだろう。

5

台風は、勢力を強めながら、ノロノロと、北上している。

犯人たちの乗ったクルーザー、ヤマトの現在位置は、依然として不明である。

ヤマトが、台風を避けて、どの港に入るかは、今のところ、不明である。しかし、大型に発達した台風を避けて、どこかの港に入ることだけは、間違いないのだ。

ヤマトの航跡を調べると、室蘭港を出港したあと、途中どの港にも寄らず、いっきに、石垣島まで走っている。つまり、犯人たちは、室蘭と、石垣島以外の港に、入港、出港の形跡がないとみていい。

台風を避けて、緊急入港する場合は、やはり、一度でも入港の経験のある港、石垣港を使うだろう。そう考え、十津川は、亀井と、石垣港に近いリゾートホテルに戻った。

沖縄県警の刑事課の刑事五人が、本島から、石垣島に、応援にきてくれた。十津川の推理が外れたら、当然、この五人は、無駄足になってしまうのである。

いつもなら、台風が消滅してくれることを祈るのだが、今回は、勢力を強めて、犯人たちのクルーザーを、石垣港に追い立ててくれと、十津川は、祈った。

台風は、依然として、時速十キロというゆっくりとしたスピードで北上している。ただ、暴風圏が大きくなり、周辺の海上は、大荒れになっているという。

石垣島上空の風も、次第に強くなり、航空会社は、早々と、明日の飛行便を欠航と決めた。

漁船も、次々に、石垣港に帰ってくる。

ヤマトが、どこにいるか、依然として、わからない。

十津川は、石垣港に避難してくることを期待しているが、犯人たちが、十津川の思うとおりに、行動するとは限らない。

そこで、十津川は、万一に備え、他の港に、今から連絡をとっておくことにした。

台風の巨大な暴風圏のなかに、犯人たちのクルーザーが、入っているとすれば、避難する港は、台湾か、沖縄諸島になってくる。台湾は、台南港のことがあるので、本命は、沖縄諸島になってくる。

十津川は、宮古島、与那国島、沖縄本島、慶良間(けらま)諸島の、それぞれの港に、電話し、もし、そのどこかに、ヤマトが入港した場合は、ただちに、自分に連絡してくれるように頼んだ。今の段階で、他にすることは、なかった。

あとは、待つことと、祈ることだけだった。

6

夜に入って、いよいよ、風が強さを増し、時々、横殴りの雨も降り始めた。

瞬間風速が、四十メートルを超えた。

午前一時六分。

十津川の泊まるホテルの灯りが、いっせいに、消えた。

県警の刑事五人も、同じホテルにいる。

十津川は、全員に、一階のロビーに、集まってもらった。

ロビーには、非常灯がついているが、いかにも暗い。

亀井が、自分の携帯で、ＴＶを映してみた。

台風情報が入る、与那国、石垣、そして、宮古の三島が、停電したと伝えた。

十津川は、窓ガラス越しに、港に眼をやった。

灯りが、風のためか、雨のためか、にじんで見える。

今、この石垣島は停電しているはずだから、あれは、非常灯だろう。この嵐のなかでは、非常灯が船にとって、唯一の頼りになる。

十二、三分して、十津川が、また、港に眼をやると、その非常灯が、消えている。

携帯で、港の管理事務所に電話したが、誰も出ない。

十津川の顔色が、変わった。

「これから、港へいく」

と、亀井や、五人の県警の刑事にいった。

「何があったんですか？」

「わからないが、港で、何か起きていることは確かだ。全員、拳銃を確認。それがすんだら、各自、懐中電灯を持って、私に続いてくれ」

十津川を、先頭に、ホテルを出た。

顔面を叩く雨のなか、七人は、体を前かがみにして、港へ向かった。

港は、真っ暗だった。

七人が、懐中電灯で、港の端から端を照らしていく。

避難している船の列。管理事務所の建物は、真っ暗だった。なかに入り、懐中電灯で、闇を照らしてみたが、誰もいなかった。必ず、一名か二名、二十四時間、常駐しているはずなのだが。

「栈橋に、大型クルーザーが、接岸しています！」

刑事の一人が、叫んだ。

彼の懐中電灯の光の先に、大型クルーザーが見えた。明るい時には見なかった船である。

刑事たちは、栈橋に向かった。強風で、木製の栈橋は、大きく上下にゆれている。刑事たちは、海に滑り落ちないように、気をつけながら、大型クルーザーに近づいていった。

「この船、違いますよ。船名が、マーメイドです」

刑事の一人が、懐中電灯で、船名を照らして、十津川にいう。

「船名なんか、当てにならん。ヤマトだって、最初は、ビクトリー1だったんだ」

十津川が、笑った。

しかし、キャビンに灯りがない。

七人の刑事は、栈橋から、片手に拳銃、片手に懐中電灯を持って、キャビンに、いっせいに、飛び込んでいった。

人の気配はない。

しかし、広い船内のいたるところに、人がいた痕跡が残っていた。いくつものベッド、トイレ、シャワールーム、キッチンにである。

「ここにいたのが、犯人かどうか知りたい。証拠を捜してくれ」

と、十津川が、いった。

刑事たちが、キャビンのなかを、いっせいに調べ始めた。

刑事の一人が、十津川に、

「これ、飛行船のバッジじゃありませんか？」

と、小さなバッジを見せた。

ツェッペリンNTワンの文字が、刻まれていた。

「間違いなく、ツェッペリンNTワンの搭乗記念バッジだ」

と、十津川が、いった。

七人の招待客が、ツェッペリンNTワンに乗っていたから、全員が、記念バッジをもらったはずである。そのなかには、容疑者の遠山社長もいたから、この船内に、バッジが落ちていても、おかしくはない。

「しかし、犯人たちはどこへ消えたんでしょう？」

「陸にあがったんじゃありませんか？　台風が過ぎ去るまで、ここのホテルに、入ったんじゃないですか？」

「それはないよ」

十津川は、一言のもとに、否定した。

「どうしてですか?」

「ツェッペリンNTワンは、無事、基地に戻ったし、人質も、解放された。そこで、テレビが今回のハイジャック事件を報道した。そんななかで、十人の人間が、ぞろぞろ、ホテルに入れば、たちまち怪しまれるからだ」

「しかし、この船には、誰もいませんよ」

「たぶん、犯人たちは、船を乗り換えるつもりなんだ」

「ここでですか?」

「われわれは、室蘭で、犯人たちが、大型クルーザーに乗って、逃亡したのを、知った。逆に、犯人たちも、警察が知っていることに気づいたとすれば、彼らは、船を取り換えようとしていてもおかしくはない」

「この港のなかの船にですか?」

「台風のせいで、多くの船が、避難してきている。そのなかで、こちらの大型クルーザーと同じ大きさの船に移ろうとしていると、私は思うね」

「じゃあ、捜しましょう」

石垣港に避難してきている船の大半は、漁船である。そのなかには近海漁の小船もあるし、遠洋漁の大型漁船もある。

十津川は、大型漁船を、まず、マークした。

全長百メートルほどの漁船が、見つかった。

船内には、灯りがついている。

この嵐のなかでも、船員が船に残っているのか。

十津川は、もう一度全員に、拳銃にしっかり弾が入っているかを確認させ、彼が先頭に立って、船室のドアを開けた。

とたんに、船内から、銃で撃たれた。

弾丸が、十津川の開けたドアに命中し、木片が、飛び散った。

「懐中電灯を消せ！」

と、十津川が、叫んだ。

そのあと、拳銃を構えると、船内に向かって、

「警察だ。逃げ道はない。観念しろ！」

と、声をかけた。

しかし、返事はない。うす暗いので、何人の人間がいるのかわからない。

十津川は、一発、撃ち返した。

銃声が、船室に鳴りひびいた。

「今から、十数える。それまでに出てこなければ、一斉射撃を開始する」

「一、二、三、四、五――」

と、十津川は大声で叫び、「五」のあとで、亀井に合図する。と、刑事たちの銃が、いっせいに、船室の空間に向かって、火を噴いた。

「六、七、八、――」

「待ってくれ！」

という男の声に、

「警察に負けるな！」

と、別の男が怒鳴り、また、撃ってきた。

十津川は、閃光(せんこう)が走ったところに向かって、撃った。

とたんに、悲鳴が起きた。

「九、十――」

と、十津川が、続ける。

「わかった。降参だ！」

男の声が、叫んだ。

7

船内には、十名の容疑者がいた。そのなかの一人、本間圭介が、十津川に肩を撃たれて、呻(うめ)き声をあげていた。

十津川は、一人ずつ、確認していった。

遠山和久
谷川　優
谷川佐知子
野口隆弘
本間圭介
大石雄一
中川四郎
仙道　要
佐伯大輔
渡辺　元

船内から、六億円の札束も発見された。

「これで、終わったな」

十津川が、いうと、リーダーの遠山が、

「台風がこなければ、俺たちは、捕まることもなかったんだ。こんな時期に台風が発生するなんて、思ってもみなかった。残念だ」

と、呟（つぶや）いた。


台風一過の東京の青い空に、ツェッペリンＮＴワンが、優雅な船体を浮かべている。

ジャパン天空株式会社は、今回の事件で、飛行船に対する信頼が、うすれるのではないかと、危惧したらしい。

しかし、杞憂（きゆう）にすぎなかった。

それどころか、もし、ジェット旅客機が、ハイジャックされたのなら、何度か着陸する必要があったし、空中では、絶えず墜落の危険があった。また、パラシュートでの脱出は、まず不可能である。しかし、今回の飛行船、ツェッペリンＮＴワンの場合は、ゆうゆうと、東京、北海道間を、往復しているのだ。エンジンが停止しても、墜落の心配はない。

いざとなれば、停止した飛行船から、パラシュートで、脱出することが可能である。

つまり、今回の事件で、飛行船の安全性が確認されたことになった。

「これから、飛行船は、どう進化していくんですかね？」

十津川は、上空のツェッペリンＮＴワンを、見上げて、きいた。

社長秘書の佐藤が、答える。

「近い将来、全長三百メートル、百人乗りの飛行船を作ることが、可能です」

「燃料は？」

と、きくと、佐藤は、

「あの大きな船体を見てください。あの部分に、太陽電池を張りつければ、燃料の補給なしに、太平洋を横断できます。その時は、十津川さんを、ご招待させていただきますよ」

と、十津川に白い歯を見せて笑った。

解説

山前譲

西村京太郎作品において鉄道が大活躍していることは、とりたてて言うまでもないことだろう。新幹線や特急列車、今ではすっかり懐かしい想い出となってしまった寝台列車にローカル線と、さまざまな形で登場している。

その一方で、鉄道以外の交通機関を描いた作品のあるのも忘れてはならない。たとえば『ある朝 海に』（一九七一）では豪華客船が乗っ取られている。昨今のクルージング・ブームを先取りしていたと言えるかもしれない。また『血ぞめの試走車（テスト・カー）』（一九七七）では、熾烈（しれつ）な販売合戦を繰り広げる自動車業界を背景に、全国各地にサスペンスフルなストーリーが展開されていた。

そうした鉄道が絡んでいない作品群のなかで、もっともユニークな長編なのは、この『東京上空５００メートルの罠』である。そう断言しても異論は出ないだろう。なにせストーリーの核となっているのは飛行船！

埼玉県内の運行基地からその飛行船、ツェッペリンＮＴワンが出発する。大宮上空に出て、池袋、上野、浅草、六本木、汐留(しおどめ)、お台場、渋谷、新宿を、約二時間で遊覧する飛行は宣伝のためのもので、テレビ会社や建設会社などの社長たち、そして女優が招待されて乗船していた。

ところが東京上空に差しかかったとき、飛行船を所有しているジャパン天空株式会社に電話が入る。その飛行船にプラスティック爆弾を仕掛けた。五百メートル以下に降下したら爆発すると――。そして身代金が要求される。その総額はなんと二億一千万円だった。だが、いったいどうやって受け渡しをするというのか？　こんな前代未聞の犯罪に立ち向かうのは、もちろん十津川警部や亀井刑事である。

空を自由に飛び回りたい……鳥を見て、人類はそんな願望を昔から抱いていたのかもしれない。ライト兄弟が人類初の有人動力飛行に成功したのは一九〇三年十二月のことだが、グライダーなどで大空に飛び立った人はその以前にもいた。

そんな試みのひとつに熱気球がある。初の有人飛行を成功させたのはフランスのモンゴルフィエ兄弟で、一七八三年のことだったという。今、その熱気球を楽しむイベントが佐賀県他、日本各地で行われている。飛行場を結んでの航空路は便利だが、やはり自由に空を飛ぶ快感を求める人は多いようだ。

理化学的にはちょっと違いはあるけれど、交通機関として気球を発展させたのが飛行船である。理論的には熱気球と同様に、じつにシンプルだ。空気より軽いガスを詰めた袋は、いわゆるアルキメデスの原理によって浮力を得て、空中を浮遊できる。そこにエンジンを付ければ、移動が可能となる。

飛行船の歴史はライト兄弟よりも古いが、なかでも特筆されるのはドイツのツェッペリン伯爵が注ぎ込んだ熱意だろう。一八九一年から開発に乗り出している。そして一九〇〇年に飛行に成功しているのだ。早くも一九一一年、ヴィルヘルムスハーフェン・ベルリン間の航路を開設している。同じ思いに駆られた人は世界各地にいたようで、その年、日本でも山田猪三郎（いさぶろう）の開発した飛行船が東京上空一周に成功したという。

それから海外では飛行船の民間航空路が展開されていく。当時、航空機に比べて遥（はる）かに長く飛行できることが評価されていたのだ。

そして一九二九年八月、世界一周飛行を試みていたツェッペリン伯爵号が、日本に立ち寄っている。その飛行船の全長は二百三十五メートルもあった。ジャンボジェットの全長は八十メートルにも満たないのだから、とてつもない大きさである。東京上空を経て霞ヶ浦の海軍飛行場に着陸したときには、なんと三十万もの人が駆け付けたという。

ところがそれから、飛行船に不運の時代が訪れる。事故が相次いだからだ。なかでも一九三七年五月六日、アメリカ・ニュージャージー州のレイクハースト海軍飛行場で発生した、大西洋航路のヒンデンブルク号の爆発・炎上事故は、今も映像や写真で伝えられているけれど、じつにショッキングなものだった。

以後、飛行船の運用は急速に衰退してしまう。可燃性の水素ガスを、不燃性のヘリウムガスに換えて利用するようになったにもかかわらず……。その事故の写真は、一九六九年に発売された英国のロックバンド、レッド・ツェッペリンのデビューアルバム『レッド・ツェッペリンI』のジャケットに使用されたりもしているが、事故のインパクトは人々の心に深く刻まれたようである。

と同時に、安全性は別にしても、航空機の発達が飛行船への関心を失わせていく。交通機関としてはやはり不利であった。旅客数や飛行時間といった面でのデメリットは、否めなかった。

だからしばらく飛行船の不遇の時代がつづくが、一九六〇年代以降、安全性が向上したこともあって、宣伝媒体として、そして遊覧飛行への利用の可能性によって、飛行船が再び注目を集めはじめる。

日本では一九六八年、日立製作所のカラーテレビ「キドカラー」の宣伝で飛行船が使われた。一九七三年には積水ハウスの広告で、岡本太郎氏のデザインによる飛行船「レインボー号」が日本の空を飛んだ。

そして一九八六年、大ヒットしたアニメ『天空の城ラピュタ』でタイガーモス号が活躍し……。しかし、日本では残念ながら、定期航空路が展開されることはなかったから、飛行船を見上げたことのある人はいただろうが、実際に乗ったことのある人は、ほとんどいないのではないだろうか。

この『東京上空500メートルの罠』は、二〇〇八年十二月に双葉社から書き下ろし刊行された長編だが、その意味でじつにユニークな長編と言える。その頃、これほど飛行船をミステリーの舞台に生かしたものはなかったからだ。

ここに登場する飛行船は全長七十五・一メートルで、スピードは時速七十キロから八十キロである。本来ならば、空のクルーズ船といった感じの豪華な旅を楽しめるはずだが、乗り込んだ人には他の交通機関では味わえない危機が迫っている。

飛行船による広告宣伝、航空撮影、地質調査、測量、遊覧飛行などを目的とした株式会社日本飛行船が設立されたのは、二〇〇二年三月だった。そして二〇〇五年春から、ツェッペリンNT号の運用を始めた。当時、空を優雅に漂う飛行船をたびたび目にしたが、この長編はそうした事業展開を踏まえてのものであったと言える。

しかし、ここでの飛行船はあくまでもミステリーの舞台だ。空中の密閉空間なのである。乗客たちがのんびりしていたのは最初だけだった。無事に地上に降りられるのだろうか。危機が迫ったからといって、飛行船から飛び出すわけにはいかない。そして飛行船ならではのさまざまな制約が十津川を悩ませる。さらには身代金の支払いにかかわるトラブルが、事件をますます複雑なものにしていく。

やがて飛行船は北へと向かう。そして、空中と地上を結んでのスリリングな駆け引きがつづく。高度が五百メール以下になったら爆弾が……。空中の飛行船は、鉄路を走る列車以上に、密室となっているが、西村氏はさらに趣向を凝らして、他に例のない誘拐事件を描き出して、読者の興味をそそっている。十津川警部たちの必死の捜査がつづくのだ。

集英社文庫既刊の『十津川警部　九州観光列車の罠』ほか、西村作品においては誘拐が色々な形でメインテーマとなっていたが、それはじつに大胆な設定が多い。たとえば『華麗なる誘拐』の犯人は、一億二千万人の日本国民を誘拐したからと五千億円を要求する。それはまさに奇想天外な犯罪だった。この『東京上空５００メートルの罠』でも、空中と地上を結んでの駆け引きのなか、巧妙な犯罪計画が明らかになっていく。

はたして十津川警部はどう事件を解決するのだろうか。飛行船を舞台にしたこのユニークなミステリーは、きっと一気に読んでしまうに違いない。

（やままえ・ゆずる　推理小説研究家）

本書は二〇一〇年十一月、双葉文庫として刊行されました。

この作品はフィクションであり、作品に登場する人物、団体名は実在するものと、まったく関係ありません。

西村京太郎の本

十津川警部　北陸新幹線「かがやき」の客たち

細野は恋人綾と3月14日開業の北陸新幹線に乗る計画をたてた。だが綾は現れず、江戸川で溺死体となって発見。十津川警部は細野に疑惑を……。北陸新幹線を舞台に描く旅情ミステリー。

十津川警部　雪とタンチョウと釧網本線

行方不明だった親友の恋人が記憶喪失の状態で発見された。十津川警部は人気のＳＬが走る釧網本線に乗り、連続殺人の真相を追う！　北海道と東京を結ぶ長編旅情ミステリー。

集英社文庫

東京上空500メートルの罠(わな)

2020年4月25日　第1刷　　定価はカバーに表示してあります。

著　者　西村京太郎(にしむらきょうたろう)

発行者　徳永　真

発行所　株式会社 集英社
東京都千代田区一ツ橋2-5-10　〒101-8050
電話　【編集部】03-3230-6095
【読者係】03-3230-6080
【販売部】03-3230-6393(書店専用)

印　刷　大日本印刷株式会社

製　本　大日本印刷株式会社

フォーマットデザイン　アリヤマデザインストア　　マークデザイン　居山浩二

ISBN978-4-08-744099-7 C0193